J. MICHELET

ROME

« Je me pris à l'Empire universel ou Rome, et je partis
pour en réveiller l'esprit au fond
de ses tombeaux. »

J. MICHELET.

PARIS

LIBRAIRIE MARPON & FLAMMARION

E. FLAMMARION, SUCC^r

26, RUE RACINE, PRÈS L'ODÉON

1891

ROME

J. MICHELET

ROME

> « Je me pris à l'Empire uni-
> versel ou Rome, et je partis
> pour en réveiller l'esprit au fond
> de ses tombeaux. »
>
> J. MICHELET.

PARIS

LIBRAIRIE MARPON & FLAMMARION

E. FLAMMARION, SUCCr

26, RUE RACINE, PRÈS L'ODÉON

1891

PRÉFACE

OU SE TROUVENT RACONTÉES PLUSIEURS CHOSES

QUI INTÉRESSERONT LE LECTEUR

I

Par sa parole et par ses livres, Michelet restera le grand éducateur de notre siècle[1].

Voltaire et Rousseau ont rempli au même titre la fin du XVIIIᵉ siècle; Michelet occupe à lui seul, la moitié du XIXᵉ.

Comme universitaire, voyez quel vaste cycle! D'abord, onze ans donnés à nos collèges de Paris; puis, onze années à l'École normale; enfin, treize ans au Collège de France.

Dans cet enseignement par la parole, il

1. M. Taine a dit : « Il aura été le grand éveilleur d'idées de ce siècle. » Sous une autre forme, c'est l'expression de la même pensée.

reste sans rivaux. MM. Guizot, Cousin, Villemain ont sans doute parlé avec autant d'autorité, du haut de leurs chaires de la Sorbonne; mais ces chaires, ils ne les ont occupées qu'un moment. Les attractions multiples de la politique les tiraient d'un autre côté. Ils cédèrent et se firent suppléer.

Edgard Quinet, lui-même, se laissa séduire et porter par ses électeurs de la Bresse à la Constituante. Son enseignement plein d'éclat avait été d'ailleurs fort court. Comme ses illustres collègues, Quinet n'a donné que peu d'années de sa vie à l'Université.

Michelet, porté lui aussi à la députation par les Ardennes et Paris, refusa et resta fidèle à son passé, à sa mission, celle de former des hommes par les enseignements de l'histoire.

Il fallut un décret brutal pour l'arracher à sa chaire du Collège de France. Le jour où la suspension qui préparait sa destitution lui fut signifiée, Michelet était précisément occupé à écrire la leçon qu'il devait professer quelques heures plus tard. Averti, il se leva de sa table de travail, prit la feuille des mains de l'huissier et froidement : « Vous direz à celui qui vous envoie que c'est bien. » Mais lorsqu'il se retrouve seul, ce cri de douleur lui échappe : « Chère Université, vénérable mère qui m'ouvris tes bras lorsque je n'étais encore qu'un enfant, me voilà vieux, et il faut que je te quitte et te fasse mes adieux. Trente années de vie, d'idées, de pensées communes, et au bout, la séparation ! Cruelle épreuve !... Mais, serons-nous vraiment séparés ? Ceux qui nous ont frappés avec le glaive le croient assurément. Les barbares ! Ils ne se doutent pas des mille moyens que nous avons pour nous rester fidèles, et affirmer ensemble la puissance invincible des libertés de l'esprit.

« Celui qu'ils ont cru abattre, tuer même, jamais ne fut plus vivant pour te servir. Ils ont pu briser ma chaire ; ils ne briseront pas ma plume. Je la garde et vaillante. A nous deux, nous allons continuer d'enseigner le monde. »

Michelet disait vrai. Il fut la grande voix

du temps. Le nombre de ses élèves ne s'additionne pas.

« Il en avait un peu partout, » racontait un jour un prince[1], — lui-même historien éminent, — qui, à près d'un demi-siècle de distance, se ressouvenant des leçons du maître, nous en rendait le charme, et quelque chose, aussi, de la vibration émue de sa parole.

Oui, Michelet avait partout des élèves, et il en avait de tous les âges. A l'École normale, ce ne sont plus des enfants qu'il enseigne, mais des jeunes gens qui, demain, se lanceront par toutes les voies dans l'action. Au Collège de France, il parle non seulement pour les hommes d'âge mûr, mais encore, pour toutes les nations opprimées dont les représentants les plus illustres se serrent autour de sa chaire, voyant en lui le prophète de leur avenir.

Lorsqu'on retrouve sous une forme inévita-

---

1. Discours de M. le duc d'Aumale recevant Me Rousse à l'Académie française. 6 avril 1881.

blement affaiblie, je veux dire dans des rédactions d'élèves, quelques-unes des conférences de l'École normale, on reste néanmoins frappé de la valeur que dut avoir le haut enseignement de la Philosophie et de l'Histoire, passant par la bouche d'un tel maître.

Et quel profit les bons élèves ne durent-ils pas tirer encore, pour leur avenir, de la part qu'il leur faisait, journellement, de ses découvertes aux Archives, dans la section de l'histoire !

Même générosité dans ses voyages.

Chaque année, il en donnait la primeur à son jeune auditoire. Ainsi, en 1828, à peine arrivé d'Heidelberg, il fit, à l'École, une leçon des plus remarquables, au point de vue des idées générales, sur la *Géographie de l'Allemagne*.

En recopiant et complétant cette conférence pour la donner à une Revue, j'ai tout naturellement ouvert le carton des voyages, afin de comparer et de marcher aussi plus sûrement dans mon travail. En commençant

cette étude, je ne me doutais pas de ses
séductions. La mélancolie d'une existence
devenue beaucoup trop sédentaire, les a faites
d'autant plus vives. Je me suis laissée char-
mer, entraîner... Je n'avais à m'informer que
d'un voyage, et peu à peu, je les ai repris tous,
et le Journal intime, et les notes descriptives vivantes et parlantes, et la correspondance de famille, toute chaude d'émotion.

Alors, adieu l'austère immobilité à la
table de travail... Ami lecteur, s'il vous faut
attendre encore le troisième volume des
Souvenirs intimes qui vous était promis,
c'est qu'en ce moment je suis loin, bien loin
sur les routes. Nous voilà partis tous les
deux, non seulement pour l'Allemagne, mais
pour Rome, pour l'Angleterre, la Hollande,
les Flandres, le Tyrol, la Lombardie, la
Souabe... pour tous les pays enfin, où *il*
voudra bien me mener.

Je sais bien qu'il part, chaque fois, do-
miné par une préoccupation historique.
Pour son enseignement ou pour ses livres,
c'est toujours aux sources mêmes qu'il veut

puiser. Il passera donc la plus grande partie
de ses journées dans les bibliothèques ou
aux Archives. Là, je ne pourrai toujours le
suivre. Mais lorsque secouant la poussière
des vieux manuscrits et des in-folios, il étudie les événements sur le théâtre même où
ils se sont accomplis, alors, je me retrouve à
ses côtés. La description qu'il fait dans son
Journal, des lieux, des objets, est si vive, le
coloris de sa peinture est si puissant, qu'il
me semble avoir réellement tout vu par mes
yeux. La vision reste en moi si intense,
qu'un jour, parlant de Rome devant un
artiste qui la connaît bien, il m'interrompit,
tout curieux de savoir combien de temps j'y
pouvais être restée, pour la posséder aussi
complètement.

« Combien de temps? Mais ni un jour, ni
même une heure, car je n'y suis jamais
allée. »

⁎⁎⁎

Dans un des chapitres de *Ma jeunesse*,
Michelet nous a raconté ses premiers voyages

qui ne furent guère que de courtes échappées
au pays de sa mère, aux Ardennes. L'argent
manquait pour aller plus loin.

Mais en 1828, le voilà nommé maître de
conférence à sa « chère École ». C'est la
richesse qui lui vient tout à coup, et par
Elle. Mais c'est pour elle aussi qu'il va
immédiatement dépenser. Non seulement il
voyagera pour elle et lui rapportera des
trésors d'érudition, mais encore, il achètera
sur sa route des livres rares dont il fera, à
haute voix, la lecture et le commentaire,
pour donner à ses jeunes élèves une part de
ses profits et de ses joies de bénédictin.

*
* *

Mais du jour où il devint riche, où donc
alla d'abord Michelet? Les attractions étaient
pour lui multiples. Nourri dans son enfance
de Virgile, et plus tard de Vico, il n'avait jamais cessé de penser à l'Italie. Son rêve surtout était Rome qu'il sentait déjà et définissait
si bien : « Une initiation pour le monde. »

Et pourtant, cette Italie tant aimée, n'eut pas son premier voyage. Chargé à l'École normale du double enseignement de la philosophie et de l'histoire, Michelet avait ouvert son cours par une captivante étude de la philosophie écossaise. Il la possédait d'autant mieux, qu'il l'avait de bonne heure assidûment étudiée dans Reid et Dugald-Stewart. Il avait même traduit les ouvrages de ces philosophes, comprenant bien qu'il n'est pas de méthode meilleure et plus sûre, pour entendre et s'assimiler la pensée d'un auteur étranger. Michelet gardait, en particulier, beaucoup de reconnaissance à Dugald-Stewart de lui avoir fait connaître, dès 1822, celui qui devait être, deux ans plus tard, son initiateur à la *science du droit* : le grand jurisconsulte italien, Vico.

Or, en cette même année 1828, le gigantesque ouvrage de Jacob Grimm sur les *Antiquités du droit romain*, faisait son apparition en Allemagne. Michelet put l'entrevoir, il en fut transporté.

« Jamais livre, s'écrie-t-il, dans son

1.

enthousiasme, n'éclaira plus subitement, plus profondément une science. Nous entendîmes dans ce livre, non les hypothèses d'un homme, mais la vive voix de l'antiquité elle-même, l'irrécusable témoignage de deux ou trois cents jurisconsultes qui, dans leurs naïves et poétiques formules déposaient des croyances, des usages domestiques, des secrets même du foyer, de la plus intime moralité allemande. »

Ce livre emporta sa décision. La France ne lui offrant que de « pauvres et rares débris » sur l'âge poétique du droit, Michelet voulut puiser, lui aussi, aux sources germaniques... Les vacances venues, il boucla sa malle, et s'en fut tout droit à Heidelberg, où il devait retrouver son ami, Edgard Quinet.

Malheureusement, nous ne sommes pas encore au temps où notre voyageur tiendra longuement son Journal. La tension d'esprit vers un seul but : *acquérir*, est si forte, qu'il ne voit guère autre chose autour de lui que sa propre pensée. En revanche, la tristesse qui lui vient de son isolement, dès qu'il s'arrête dans une froide chambre d'auberge, est si poignante, qu'elles nous a valu de nombreuses lettres adressées à tous les siens : à « son bon père, » à « sa chère et regrettée Pauline », à « sa pauvre petite Adèle ». La part qui revient à son enfant, dans la correspondance, n'est pas la moins touchante. Comme elle n'a que trois ans et ne peut savoir lire encore, il s'ingénie pour lui faire savoir que c'est bien son papa Jules qui pense à elle et lui écrit : « Je signerai, dit-il à sa femme, de la seule signature qu'elle puisse reconnaître. » Alors, à la place de son nom, il trace la silhouette d'un fidèle caniche, de *Zémire* qui revient à elle, avec ses beaux et bons yeux de chien, tout humides de joie attendrie.

Dans cette première lettre datée de Nancy, on sent bien que la mesure de douleur est comble. « Quand reverrai-je tout mon monde et la chère petite maison ?... »

Mais voici la seconde lettre. Celle-ci vient d'Allemagne, elle porte le timbre d'Heidelberg. Il y débarque à peine, et déjà les joies de l'esprit ont relevé bien haut son courage.

Jeudi, neuf heures du soir : « J'y suis enfin ! J'ai vu et embrassé Quinet ; j'ai salué le bon et vénérable Creuzer[1]. En ce moment je t'écris, ma chère Pauline, dans une auberge d'où je découvre, au clair de la lune, une magnifique montagne voisine de celle que couronnent les ruines du château des Électeurs palatins. Demain, je verrai tous les professeurs, j'irai au cours, à la bibliothèque. J'arrive affamé d'érudition. »

Huit jours plus tard, il leur écrit : « Je dérobe quelques minutes à mon travail pour vous mettre au courant de ma situation et me consoler un peu de mon exil. J'ai quitté l'hôtel pour rentrer dans une honorable famille qui prend des pensionnaires, c'est-à-dire, de jeunes étrangers venus ici,

---

1. Creuzer occupait à Heidelberg la chaire de Philologie et d'Histoire ancienne. Il a consacré une partie de sa vie à l'étude des religions de l'antiquité considérées dans leurs formes symboliques.

comme moi, pour compléter leurs études.

« Mon nouveau local est très commode et très triste. De mes deux fenêtres, quoiqu'en mansardes, je vois d'un côté la rue, de l'autre, une montagne énorme et couverte de bois sombres qui domine Heidelberg. Je vous écris au milieu d'une pyramide de livres. Chaque jour on me prête cinq ou six ouvrages. Je les dévore, je choisis. Le matin, après un frugal repas, je cours chez les libraires et les bouquinistes. Je dispute sur les prix. Je reviens, en courant, prendre une courte et mauvaise leçon d'allemand. Tout à l'heure, je ferai mon thème comme doit un bon écolier.

« Si vous joignez à mes longues stations, de midi à cinq heures à la bibliothèque, une ou deux visites chez les professeurs, un mauvais dîner, un mauvais souper, vous aurez toute ma vie. La cuisine allemande est peu agréable, mais elle n'est pas malsaine. Les hommes sont bons, les livres meilleurs.

« La ville est dans une vallée où coule le Necker, entre d'âpres rochers. Le pays

est beau, froid et triste. Les femmes, — ce
détail intéressera peut-être ma chère Pauline, — sont grandes, bien bâties, généralement laides. Tout, ici, est singulièrement
propre à calmer les sens et les idées. »

Le dimanche, la bibliothèque chôme,
Michelet non. Il sanctifie sa journée en même
temps qu'il s'instruit : « Je vais en compagnie
de Quinet écouter la prédication du pasteur
allemand. De retour chez mes hôtes, M. et
Mᵐᵉ Kaiser, je tâche de suivre la lecture de
la Bible, ce qui est encore une leçon. L'après-
midi, je me promène au bord du Necker ou
au sommet du Wolsbrunn, en face d'Heidelberg, tantôt avec mon ami, tantôt avec Luther. Il y a entre nos deux existences de
frappantes analogies. »

En effet, comme Michelet, comme tous les
purs, Luther s'était concentré dans la vie
de famille. Sa femme, sa chère Catherine [1],

---

1. Pendant qu'elle vaque aux soins du ménage, ou soigne
son enfant, il la regarde, et, dans son émotion, ce mot
plein d'amour, d'orgueil viril aussi, lui échappe : « Catherine, tu as un homme qui t'aime, tu es une impératrice. »

sa petite Magdalena que Dieu, hélas! doit
sitôt lui enlever, voilà, avec le travail, tout
ce qu'il aime au monde. Michelet en se promenant lit ses *Mémoires*. On peut déjà pré-
dire qu'il en sera le traducteur.

Un jour, cherchant des livres chez le li-
braire Zimner, le portrait du grand réfor-
mateur, couché sur son lit de mort et saisis-
sant de ressemblance, tombe à l'improviste
dans sa main.

Il se trouble, l'achète, l'emporte et l'enferme avec lui dans sa solitude. Il l'a certainement sous les yeux lorsqu'il écrit aux
siens : « Il semble qu'on retrouve ses tristes
pensées de la fin, dans ce beau portrait, et
aussi, la concentration d'un long effort. »

*
* *

Celui que fait journellement Michelet pour
grossir rapidement sa moisson, semble avoir
épuisé la mesure de ses forces. En trois
semaines, il a parcouru tant de livres, embrassé tant d'idées, qu'il n'en peut plus. « Il

faut que je parte, écrit-il à son père, si je ne veux pas tomber malade. » Et à son ami Poret qui le gronde et le presse de rester là-bas :

« Heidelberg n'est pas ce qu'il me faut. J'avais trois buts en venant en Allemagne : la langue, les idées, l'achat des livres. Pour la langue, il eut fallu, comme Viguier, s'enfermer dans quelque village retiré de la Saxe, où l'on n'entend plus un mot de français. Quant aux idées, au moyen âge, personne ici ne s'en occupe, excepté Schlosser qui est parti pour l'Italie. Il n'y a aucun historien distingué. Ce sont les livres qui m'ont été utiles. J'ai fixé ceux que je dois acheter.

« Mais pour cela, il faut aller à Francfort ou à Leipzig. Il ne me reste donc plus rien à faire à Heidelberg que je ne puisse faire ailleurs. J'ai songé à Cassel, à Gœttingen, mais tout le monde m'en détourne.

« Les vacances sont commencées dans le nord de l'Allemagne ; je n'y trouverais donc d'autres ressources que celles que j'ai ici, c'est-à-dire les livres. »

Ce qu'il n'avoue pas à son ami, c'est que

loin des siens, la vie sédentaire lui devient
« insupportable ». Il écrit à sa femme : « L'a-
gitation du voyage me rendra moins dure
votre absence. »

Donc, il part le 4 septembre pour Francfort. Quel contraste avec la « froide, la silencieuse Heidelberg, un séjour pourtant délicieux ». Francfort est en plein marché annuel,
les hôtels regorgent de voyageurs du commerce. Michelet a dû partager sa chambre
avec un jeune étudiant qui lui sert d'interprète. Pour la première fois il a l'impression
« bizarre et triste, de se trouver au milieu
d'une langue presque inconnue ». Il possède
mieux que personne la langue scientifique ;
mais son ouïe n'a pu se familiariser encore
au rude idiome : « Je sens ici, bien plus qu'à
Heidelberg, mon isolement. »

Mais un bonheur qu'il n'attend pas lui
vient : il voit Gœrres, « le plus grand génie
de l'Allemagne![1] » Au même instant, tous ses
ennuis sont oubliés.

1. Gœrres était, en effet, une sorte d'esprit encyclopé-
dique, et très partial pour la France, très épris des tradi-

Malgré le bruit des trompettes et des violons, Michelet se laisse encore si bien emporter par son ardeur au travail, qu'il reprend ses maux de tête et gagne de plus la fièvre. Pour le guérir, il lui faudra la fraîcheur des eaux vives.

En prenant le bateau à Mayence, il s'écrie dans son juvénile enthousiasme: « J'ai vu le Rhin! » La joie qu'il en éprouve tient aussi, peut-être, à ce qu'il se sent plus près de la France.

Le bateau le descend à Bonn. La première impression ne lui est pas favorable. Il y arrive un dimanche, il trouve la bibliothèque et les archives fermées. Il n'a donc rien à faire, et personne à voir. Son interprète est resté à Francfort, il ne peut que très difficilement se faire entendre. Dans un mouvement d'humeur il s'écrie : « Cette ville ne me plaît

---

tions de notre révolution de 1789. — En 1828, il était tout occupé d'une histoire « des âges du monde ». C'est alors que Michelet le vit et jeta son cri d'enthousiasme. Il ne semble pas que son admiration se soit soutenue jusqu'à la fin.

Mme J. M.

guère. Nous verrons si les hommes sont plus
agréables que les lieux. »

Le lendemain, lundi, la bibliothèque se
rouvre et Bonn, au même instant, est transfigurée.

« Figurez-vous, mes bons amis, que de
neuf heures à midi et de deux heures à cinq,
je suis entouré de quatre-vingt mille volumes
entièrement à ma disposition. Je n'ai besoin
de rien demander. Je prends, je cherche moi-
même. Jamais je n'ai eu tant de livres sous
la main et de livres nouveaux. Cela tient à
ce que la bibliothèque est de date récente.
Depuis trois jours que j'y vis enfermé, je me
suis rendu compte de ce qui a pour moi une
véritable valeur. Je ne puis que manier les
livres, prendre note des plus remarquables
pour les étudier à loisir et creuser plus tard
en profondeur.

« Mais je dois déjà à ce maniement que j'ai
fait ici et partout des livres allemands, de
m'être familiarisé tout à fait avec la langue
scientifique. Ce résultat seul vaudrait le
voyage. Il m'épargnera dans la suite, bien

des difficultés. Quant aux hommes, ils ne me sont pas d'un grand secours.

« C'est le moment des vacances universitaires, le vide se fait partout. Niebuhr est déjà parti. On le dit à Rome. Le seul professeur qui eût pu m'être utile, en son absence, vient de s'embarquer pour Francfort. Welcher, qui a composé la bibliothèque de Bonn, n'est occupé que de l'antiquité quand je le suis du moyen âge. Schlegel est une espèce de grand seigneur. Ulmann, un esprit peu distingué. Le jeune Norvégien Lassen, mon obligeant et silencieux cicérone, n'étudie que l'Orient. Je pourrais donc partir demain.

« Voyage, en plusieurs sens, trop bref sans doute, mais qui ne m'a pas moins ouvert un monde que je ne soupçonnais pas. Je lui devrai aussi l'acquisition d'ouvrages importants, à un bon marché tout à fait inconnu en France. Cela paiera, je l'espère, une partie de ma dépense. Je l'ai écrit à mes tantes pour me justifier de ce voyage. »

C'est de la tante Hyacinthe surtout, qu'il doit se faire pardonner. Régulatrice sévère de tous les actes de la famille, elle n'a pas vu, sans un vif mécontentement, son neveu se lancer dans cette « coûteuse aventure ».

Nous n'avons pas la lettre justificative, mais les chiffres seulement. Ils ont bien leur éloquence.

Michelet, toute sa vie, fut l'ordre même. Dès l'âge de vingt ans, — celui où il commence à gagner,— on le voit inscrire chaque année, sur un cahier spécial, ses moindres dépenses. Nous les avons ainsi, mois par mois, de 1818 à 1849. Et cela nous est souvent bien précieux.

Le voilà donc arrivé à sa dernière étape, et, tout de suite, sans perdre un instant, il fait son addition afin de calmer, au plus tôt, son irascible mentor. La chose dut être facile.

Bien que tout soit scrupuleusement noté, le total de la dépense, au bout d'un voyage de cinq semaines, s'élève à peine à la somme modique de *trois cent cinquante-six francs !*

Nous savons bien, par expérience, que le travail assidu supprime, en grande partie, les besoins matériels. Mais un chiffre, à ce point réduit, ne révèle-t-il pas un monde de privations?...

*

* *

Michelet, si économe pour lui-même, rapportait pour les autres des trésors. Sans revenir, ici, sur le profit que dût tirer de ce voyage son enseignement, notons les deux ouvrages qu'il nous a valus :

D'abord, les *Mémoires de Luther*, traduction précédée de la plus admirable Préface. Ce livre, trop oublié des protestants euxmêmes, serait à sa place, au premier rang, dans toutes leurs bibliothèques.

Puis, vinrent les *Origines du Droit*. Ce titre ne dit rien de l'excellence morale de l'ouvrage, de son utilité pratique, à tous les âges, dans toutes les situations de la vie humaine. Celui-ci n'est pas seulement un livre du dimanche, mais de lecture quotidienne

et, comme un *bréviaire* pour tous, de la naissance à la mort, du berceau à la tombe.
Livre d'éducation continue, d'inépuisable instruction, de direction même. Je n'en connais pas de plus profondément religieux,
sous forme philosophique, ni de mieux fait
pour éclairer, diriger les âmes, leur donner
l'enseignement éternel, immuable, à travers
les âges, des principes de la Justice et du
Droit.

II

En mars 1830, le comte d'Hauterive[1]
écrivait à notre chargé d'affaires à Naples,
M. de la Passe :

« M. Michelet est condamné par les mé-
« decins à faire un voyage en Italie. Je le

---

1. Le comte d'Hauterive qui mourut dans cette même
année, 1830, était garde des archives au ministère des affaires étrangères.

« connais depuis longtemps, et lui porte le
« plus grand intérêt. Il professe l'histoire à
« l'École normale, et la bonne notoriété de
« son talent et de son caractère lui a valu
« l'insigne honneur d'en donner des leçons
« à Mademoiselle, sœur du duc de Bordeaux.

« Malade, M. Michelet n'en est pas moins
« décidé à se faire de ce voyage, une occa-
« sion utile de rechercher dans les biblio-
« thèques, les notions instructives qu'il ne
« trouve pas en France pour terminer un
« ouvrage intéressant sur le moyen âge. Je
« vous serai personnellement reconnaissant
« du bon secours qu'il recevra de vous, et
« de l'assistance que vous voudrez bien lui
« donner dans ses recherches.

« Cte D'HAUTERIVE. »

Michelet n'était pas seulement malade, il
était à peu près *condamné* par trois médecins illustres : Récamier, Amussat, William
Edwards. Il le savait bien, car il a écrit
quelque part : « J'avais trente-deux ans, je
n'avais rien fait, j'étais malade de ma dis-

persion d'esprit et l'on dit que je mourrais si je ne m'arrêtais. »

Dix ans passés, il se souvient de l'arrêt funèbre, mais au moment même, il semble n'en rien savoir. Pendant que les docteurs, assemblés dans son cabinet de travail, rédigent une longue ordonnance où se lit en grosses lettres : 1° *Repos absolu*, Michelet, à l'autre extrémité de sa table, rédige lui aussi son ordonnance qui n'est autre chose qu'un vaste plan de travail :

1° Parcourir très rapidement l'Italie du Nord jusqu'à Florence. Là, Étrurie, et Agrimensores-jurisconsultes. Étudier aussi l'agriculture antique si importante.

2° Venant au moyen âge, voir si les cités Guelfes suivaient, dans leurs lois civiles, le droit romain ou canon. Et les cités Gibelines, le droit germanique?

3° Visiter quelques ports de l'Adriatique.

4° Parcourir la campagne de Rome. Voir les Marais-Pontins, où se sont ensevelies, une à une, toutes les riches cités du Latium.

5° Dans Rome, trancher le nœud même de

son histoire, savoir pourquoi l'Italie des Sylla et des Césars est morte. »

* *
*

Ce n'était pas, on le voit, en curieux, en antiquaire que Michelet allait interroger le passé, mais en *résurrectionniste*.

Écoutons-le plutôt nous dire lui-même, en deux lignes, dans ce style imagé, puissant, dont il eut seul le secret, ce qu'il allait évoquer dans la cité des morts :

« Après l'enseignement simultané de la Philosophie et de l'Histoire, je me pris à l'Univers, à l'Empire universel ou Rome, et je partis pour en réveiller l'esprit au fond de ses tombeaux. »

Mais ne semble-t-il pas qu'elle soit déjà en lui, cette âme du passé, lorsqu'en 1823, il écrit à l'un de ses meilleurs élèves, au vicomte de Saint-Priest :

« Comment, cher ami, avez-vous trouvé le temps de penser à moi au milieu des ruines de Rome ? Un pareil séjour doit fournir

bien des pensées à un esprit tel que le vôtre.
Il doit en rester des inspirations pour tout
le reste de la vie. Avoir vu, au même
moment, Rome et les Alpes !... La voix du
poète qui a eu cette double vision, doit posséder, désormais, une octave de plus.

« Je conçois, pourtant, que tous les monuments de Rome ne répondent pas à votre
attente. Lorsqu'on a été nourri dans l'admiration des Romains, on n'est pas préparé à
trouver là un si grand nombre de temples
de Faustine. Mais ne faut-il pas plutôt se
féliciter de voir debout des monuments qui
vous donnent un échantillon complet de ce
vieux monde ? Toute l'histoire est là. Rome
serait bien moins curieuse pour le philosophe, s'il n'était resté que des monuments
de ses vertus.

« Mais vous ne me parlez que de la Rome de
l'Empire. Et la Rome républicaine du moyen
âge, celle de Crescentius, de Rienzi, n'en est-
il rien resté ?... Est-il vrai que les barons aient
bâti leurs palais avec des fragments de colonnes et de statues grecques ? Est-il vrai

aussi, que l'on voie leurs lourdes forteresses
accolées aux édifices élégants de l'antiquité ?
Ce mélange de l'architecture de tous les siècles est bien fait pour jeter l'esprit dans un
abîme de pensées.

« Voir dans une même ville, et d'aussi peu
d'étendue : le Colisée, Saint-Pierre, les masses formidables des Thermes de Dioclétien,
Caracalla, et le colossal tombeau de l'empereur Adrien déguisé en citadelle, en château
Saint-Ange !...

« Mais parlons plutôt du conclave, puisqu'il a eu, lui aussi, l'honneur de vous attirer
à Rome. Ce n'était pas prendre le bon
moment pour visiter la cité du désert. L'ambition et les intrigues des vivants ont dû
troubler l'immobilité silencieuse de la ville
des morts. Mais dès l'instant que vous teniez
à voir l'élection d'un pape, quel dommage,
avec vos heureuses dispositions pour la théologie, que vous ne vous y soyez pas pris
quelques siècles plus tôt.

« Vous savez comment cela se pratiquait
dans la primitive Église ? Souvent, tandis

qu'on attendait la décision du Saint-Esprit,
le nom d'un laïque était prononcé, il passait
de bouche en bouche et on le proclamait
malgré lui, témoin saint Ambroise, archevê-
que de Milan. Votre âge, non plus, n'eût pas
fait obstacle. Jean XII fut élu pape à dix-huit
ans, et il n'avait pas fait deux tragédies.

« Il aurait fallu être bien illettré pour ne
pas se convertir. Qui sait, vous m'auriez fait
bibliothécaire du Vatican ou même nommé
cardinal. En ce cas, vous m'auriez absous en
fort beaux vers de tout le passé et du peu de
philosophie dont je vous ai endormi. Votre
absolution eût fait ma fortune ou tout au
moins mon salut. »

*
* *

Fidèle à son programme, Michelet ayant
franchi les Alpes, descend rapidement l'Apennin. Le voilà à l'entrée des campagnes toscanes qu'il trouve « les plus délicieuses du
monde ». Pourtant, il n'éprouve aucune surprise.

2.

« Jusqu'ici, l'Italie me charme plus qu'elle ne m'étonne, écrit-il à sa femme. Il me semble que je retrouve une personne déjà connue. C'est avec plaisir que je la revois ; il s'y mêle aussi de l'émotion, — il pense sans doute à Pise qu'il vient de voir, — mais elle ne m'apprend rien que je ne sache déjà. »

Tout change, lorsqu'au détour d'une rue étroite et sombre de Florence, tout-à-coup, le monument vainqueur de la Renaissance, l'église de Brunelleschi, *Santa Maria del Fiore*, lui apparaît, baignant son dôme de marbre dans les vaporeuses lueurs d'une aube de printemps... « Dôme prodigieux de hardiesse, s'écrie Michelet, et si bien calculé, qu'il fit descendre pour la première fois sur la terre la régularité du ciel, et l'éternité des constructions de Dieu. »

Une ville, un lieu qui donnait à ce jeune génie en éveil sur toutes choses, le dernier mot du passé et le premier éclair de l'avenir, eût pu le garder des semaines et des mois, sans épuiser sa curiosité. Mais le temps et d'autres études le poussaient ailleurs.

A un ami qui lui reproche ce trop court séjour à Florence, Michelet répond : « Mon but est Rome. Je ne sais, d'ailleurs, si cette vision que vous croyez trop rapide, ne me sera pas ainsi plus profitable. Dans ces huit jours de travail acharné, j'ai fait tout autre chose que de remuer une poussière à jamais stérile. Comme le laboureur étrusque qui donnait à sa terre jusqu'à neuf labours, pour la rendre plus féconde, j'ai, moi aussi, sur ce même rivage, passé, repassé le soc de ma charrue et creusé mon sillon. Il atteint déjà une telle profondeur, qu'en dépit des alluvions des âges qui croient tout ensevelir, je l'ai retrouvée mon Étrurie !... Son âme douce, réservée, silencieuse, a monté d'en bas, sans aucun bruit, mêlée à un souffle mystérieux... Je l'ai recueillie et je vous la rapporte.

« Ah ! cette vieille terre italique, sur quelque point que vous la touchiez, la vie frémissante en jaillit et la jeunesse éternelle ! Si l'on vous redit qu'elle est morte, n'en croyez rien. La mort n'est ici qu'une

apparence. Qui porte en soi une force ai-
mante éternellement, ne peut mourir. »

★
★ ★

Michelet maintenant est à Rome. Avant de
le suivre dans ses pérégrinations à travers
les ruines du passé, rappelons au lecteur
qu'il a recueilli déjà le fruit de ce voyage :

1° Par l'*Introduction à l'Histoire universelle*, cent pages étincelantes où l'Italie tient
une grande place.

2° Par l'*Histoire romaine*, impérissable
monument que Michelet, dans sa reconnaissance filiale, voulut élever à la gloire de celle
qu'il appelait « sa Mère, sa grande Nour-
rice », et qu'il aima surtout, — ce grand
Français, — la croyant sœur de la France,
et à jamais inséparable de ses destinées.

Ce qui est resté dans les cartons, le plus
intéressant peut-être, — l'homme intime y
étant mêlé, — c'est le Journal, ce sont les
notes rapides, écrites, le plus souvent, sur

les ruines mêmes des monuments détruits.

Sous aucune de ces trois formes, Michelet ne s'est redit. Chaque fois qu'il a parlé de Rome, il nous l'a montrée sous des aspects nouveaux. Cette puissance de visions multiples et si variées a tenu à ce que ce génie fécond, en renouvelant son sujet, s'est aussi renouvelé lui-même, ce qui est le propre de toute vie en progrès.

*
* *

Cette fois l'École normale n'eut pas seule la primeur des impressions du maître. Il avait encore, — on l'a vu, — d'autres élèves. Ceci nous ramène à la lettre du comte d'Hauterive, où il est parlé de la nomination de Michelet, comme professeur d'histoire, près de Mlle de Berry. Cette même lettre dit, en deux mots, pourquoi ce choix fut imposé à la cour des Bourbons : « La notoriété du talent et du caractère. »

En effet, dès 1824, trois ans avant que Michelet ne publiât son *Précis d'histoire mo-*

derne, il avait attiré sur lui l'attention du monde littéraire, par un admirable discours sur l'*Unité de la science*[1], discours prononcé à la distribution des prix du collège Sainte-Barbe, devant une assemblée d'élite.

En 1826, parut sa traduction du grand ouvrage du philosophe-juriste Vico qui le révélait, pour la première fois, aux Italiens eux-mêmes.

Enfin, en octobre 1827, Michelet donna son *Précis moderne* que, trop modestement, il appelle « un essai ». Ce livre fit sensation dans le monde universitaire, et bien au delà.

En réalité, la France comptait un historien de plus, et, ce chef-d'œuvre classique le mettait, d'emblée, au premier rang.

M. de Martignac, à ce même moment, arrivait au pouvoir avec des dispositions libérales. Président du conseil, il usa de son autorité pour *imposer* immédiatement le *Précis* dans tous les collèges de France.

---

1. Personne ne connaît aujourd'hui ce discours. Nous le donnerons dans le 3e volume des *Souvenirs intimes.*

L'avenir a pu l'en remercier. En effet, ce
livre n'éveilla pas seulement dans les écoles
un goût très vif pour l'histoire, il fit aimer à
toutes ces jeunes âmes, — au delà de la
Patrie française, — les autres patries dont
Michelet leur retraçait, en traits de feu, les
destinées.

Et cependant, ce merveilleux abrégé qui
fut d'un quotidien usage dans nos lycées, de
1828 à 1850, aujourd'hui ne sert plus. L'in-
terdiction dont le frappa le second empire,
subsisterait-elle toujours?... Non, sans doute.
L'excuse, c'est qu'il ne répond pas aux nouveaux programmes.

Mais ces malheureux programmes qu'on
fait responsables de tout le mal, il nous revient qu'on les remanie sans cesse. Serait-
ce donc pour Michelet seul, qu'ils resteraient
inflexibles, et cela, au bout de vingt années
du régime républicain?

Au moment où la préoccupation d'un
meilleur enseignement de la Géographie et
de l'Histoire est dans tous les esprits, dans
tous les pays, et que cette préoccupation

s'exprime par la bouche même des souverains, on souffre plus vivement, pour l'honneur de la France, de voir les ouvrages de notre historien national, — pour tous le maître, — sacrifiés, sous prétexte de programmes, à des productions hâtives, d'une valeur fort secondaire.

Car il ne s'agit pas seulement de l'exclusion du *Précis moderne*. Michelet a écrit aussi une histoire de France à laquelle il a consacré quarante ans de sa vie. C'est donc une œuvre qui s'impose.

L'objection pour celle-ci, c'est qu'elle est trop volumineuse pour devenir classique. Objection très légitime ; aussi n'avons-nous pas attendu qu'on nous la fît. Il y a dix ans déjà, qu'avec le texte même du maître, nous avons fait un résumé lumineux de sa grande histoire. Ce sont *trois précis* qui répondent à ses trois grandes périodes : *Moyen âge; Temps modernes; Révolution*.

Et, pour que cet ensemble ne laissât rien à désirer, nous avons complété ces abrégés par celui de la Géographie de la France.

C'est le tableau magistral qui ouvre le second volume du moyen âge. Nous l'avons détaché et publié sous ce titre : *Notre France.*

Dans ces *Précis*, encore, Michelet ne sera pas, non plus, surpassé.

Puisque c'est à la Révolution de 89 que notre gouvernement républicain doit d'exister, il nous semble qu'il y aurait, pour lui, presque un devoir de faire étudier cette période de notre histoire dans l'ouvrage qui, le premier, a révélé son action bienfaisante étendue, non seulement à la France, mais au monde entier.

Eh bien, ce *Précis de la Révolution*, cette admirable *Géographie* qui sont là pour refaire des âmes françaises, on les laisse absolument de côté[1].

Venons maintenant à un autre livre tiré, lui aussi, de l'*Histoire de France*, et qui nous a été expressément demandé par le Conseil supérieur de l'instruction publique : les

---

1. Le critérium certain pour savoir si l'on en fait usage dans les classes, c'est la vente. Notre éditeur nous écrit : « Elle est *nulle* pour *Notre France,* la *Révolution,* etc. »

Extraits historiques. Ils portent le nom d'un agrégé, mais c'est nous qui avons mis tous nos soins à choisir ces fragments. La chose faite, nous avons, d'accord avec l'éditeur, distribué gratuitement la première édition tout entière[1], aux professeurs des lycées et des écoles primaires supérieures, afin que tous les maîtres fussent informés, en France, de la publication de ce nouveau livre *classique*.

Le résultat?... Pour chaque exemplaire donné, un exemplaire vendu, et cela, au bout de trois ans. D'où l'on doit conclure que si le professeur a fait son profit de l'ouvrage qu'il a reçu, il a trouvé inutile d'en prescrire l'usage à ses élèves.

⁎
⁎ ⁎

Voici, paraît-il, la cause du délaissement général des ouvrages du *maître*. Nous la donnons avec les paroles mêmes qui nous l'ont expliquée : *Le goût du public enseignant a changé*. Changé le goût, lorsqu'il s'agit

---

1. Cette édition a été tirée à 3,000 exemplaires.

de notre Histoire nationale et de Michelet !
Mais alors, c'est qu'il n'y aurait plus de
France ?...

Contraste piquant : Tandis que *notre* historien est tenu à la porte de nos écoles,
l'Angleterre l'introduit dans les siennes. Elle
nous a demandé l'autorisation de se servir
dans les classes, non seulement des *Extraits
historiques*, mais aussi de l'*Anthologie* que
nous avons faite des œuvres du maître.

« Nous tenons, nous écrivait-on de Londres,
à enseigner la vraie, la belle langue française,
à nos enfants, avec le grand Michelet. »

Ces deux ouvrages sont, en effet, essentiellement, des livres de lecture, ayant le double
avantage de former le goût littéraire et d'intéresser vivement à l'histoire.

Ils devraient donc être mis dans les mains
de tous les élèves de nos lycées, à partir de
la *Troisième*, et aussi dans toutes les écoles
primaires supérieures [1].

---

1. On nous répondra peut-être, qu'on en a mis un exemplaire dans toutes les bibliothèques de quartier. Je ne sais

Pour revenir à la Restauration, elle se montra, nous souffrons grandement à le dire, plus soucieuse des intérêts de la France. Elle ne laissa pas aux professeurs le choix des livres de classe; elle ne leur donna pas le droit de prendre, pour l'usage quotidien, des non-valeurs, par cela seul qu'elles répondent aux programmes; elle ne leur permit pas de tenir les élèves à la seule et maigre alimentation des manuels qui les dégoûtent à jamais de l'histoire.

Au nom de la *liberté* qu'on invoque toujours, il arrive que le professeur a toute licence de rejeter les meilleurs ouvrages, s'ils ne conviennent pas à ses opinions, ou s'ils sont mal vus d'un inspecteur qui a fait lui-même des livres de classe, et qu'il doit ménager. On voit le péril.

si cet exemplaire unique suffit aux besoins des internes, mais il est tout à fait inutile aux externes qui s'en vont dès que la classe est finie. — Pour que de pareils livres servent, il faut que les élèves les aient avec eux. Si les paresseux ne les lisent pas pour leur plaisir et leur instruction, ils y auront certainement recours les jours de composition et nous certifions d'avance que ces jours-là elle sera réussie.

L'histoire, celle qui ressuscite l'âme du passé, est pour toute grande nation l'enseignement essentiel.

La Restauration fut donc bien inspirée lorsqu'elle imposa Michelet. La monarchie de juillet fit de même, disons-le à son honneur.

C'est qu'en effet, il est bien grave de se passer de lui dans l'enseignement. Ce n'est pas seulement reculer en abaissant le niveau des études universitaires, c'est signer, à bref délai, la mort de la *vraie* République.

Ceux qui nous regardent et semblent, en ce moment, ne faire que nous imiter, voient parfaitement ce recul; ils comptent bien en profiter pour se mettre, en ceci encore, à la tête du mouvement et reléguer la France, — puisqu'elle y met tant de bonne volonté, — au second, si ce n'est au troisième rang.

Le devoir est d'enrayer sur la pente dangereuse où nous ne sommes que trop engagés. Il faut revenir à Michelet, nous ressouvenant que, par ses livres et sa parole inspirée, il

nous a valu, pour une grande part, les vail-
lantes générations qui, de 1830 à 1848, re-
lancèrent si vivement la France dans les
voies du progrès.

*
* *

Ainsi, le comte d'Hauterive avait raison
de dire que Michelet s'imposait à la cour des
Bourbons.

Il fut nommé *sans conditions*, sans *programme officiel*. Ceux qui le connaissent vraiment le croiront sans peine lorsqu'il dit :
« Partout et toujours, j'ai conservé la pleine
liberté de mon enseignement. »

Il eût d'ailleurs été impossible d'enfermer ce libre esprit dans un cadre, ou de
lui donner des formules toutes prêtes. A
chaque instant, il eût brisé ses entraves,
eût échappé. La cour se montra intelligente, elle prit Michelet tel qu'il était et
lui laissa toute son indépendance. A cette
condition seulement, il pouvait être une
cause efficace.

Oui, Michelet était bien sûr de rester lui-
même dans cet enseignement. Il irait devant
lui, et on le suivrait: Docilité plus facile qu'il
ne semble d'abord. Il faut se rappeler qu'on
était encore bien près de 89. Le souffle
hardi, généreux du dix-huitième siècle, re-
muait toujours les âmes, il les soulevait vers
l'idéal. Les plus rebelles étaient, à leur
insu, entraînés vers le progrès, — les souverains eux-mêmes. Ils acceptaient pour leurs
enfants, sous forme de leçons d'histoire,
l'enseignement de vérités bonnes à entendre
et à retenir.

*
* *

Ce fut donc la trop grande modestie de
Michelet qui éveilla en lui des scrupules.
La cour aussi l'effrayait.

Avant de rien accepter, il alla voir celui
de ses maîtres qu'il croyait le plus autorisé
dans cette circonstance délicate, et lui confia
ses inquiétudes. M. Guizot aimait alors Michelet; il le consultait même, et pour lui

témoigner l'estime toute particulière qu'il faisait de ses vues personnelles en éducation, il avait voulu tenir, de son choix, le professeur de ses fils.

« Il m'écouta, dit Michelet, sans m'interrompre, adossé à la cheminée, dans l'attitude de raideur qui lui était habituelle, et qui a toujours gêné, près de lui, mon abandon. Quand ce fut fini, il me laissa un instant à mes perplexités, puis, vivement, et je lui en sais gré encore au bout de tant d'années, il releva ainsi mon courage : « Si l'on vous a nommé, c'est que vous êtes le premier en mérite, et le premier encore, lorsqu'il s'agit d'une mission si délicate à remplir.

« Le passé est si récent, qu'il éveille les inquiétudes pour l'avenir. Quelle sera la destinée de ces deux enfants, car on vous donnera certainement, aussi, le jeune Prince ? Quelle que soit leur destinée, je compte, pour les y préparer, sur les enseignements de l'histoire. Mais pour qu'ils leur profitent, dans un si jeune âge, il faut que ce soit pour eux, avant tout, une séduction. Et vous seul, mon cher Michelet, êtes maître en cet art. »

★
★ ★

« Mlle de Berry avait neuf ans lorsqu'elle devint mon élève. Très frêle de santé, elle inquiétait souvent ses gouvernantes : Mme de Gontaut-Biron, et l'excellente Mlle Vachon, qui vivait nuit et jour près d'elle.

« Il fallait donc la bien ménager, chose difficile, car la faiblesse physique semblait avoir aiguisé d'autant plus, chez cette enfant, l'intelligence. Sérieuse, attentive, réfléchie, trop pour son âge, ses questions m'ont plus d'une fois jeté dans l'étonnement. Avec cela, une grande avidité pour apprendre. Les devoirs qu'on lui donnait à rédiger n'étaient jamais assez longs à son gré. Nous étions sans cesse occupés à modérer son zèle.

« Lorsqu'aux premières grandes vacances, la cour partit pour Dieppe, il fallut lui promettre que les leçons seraient continuées par correspondance. Je l'entends encore me dire de sa voix d'enfant, si joliment timbrée :

3.

« N'est-ce pas, vous exigerez que là-bas je travaille autant qu'ici? » Et, se retournant avec vivacité vers Mlle Vachon : « De cette manière, mon amie chérie, moi aussi, j'aurai des lettres de M. Michelet. »

« J'ai conservé de cette époque ses deux premières réponses, — qui sont des devoirs, — parce qu'elles me donnent raison lorsqu'au bout de tant d'années, je m'attendris encore sur *Elle*[1]. »

Ces deux lettres, les voici :

I

« Il est vrai, monsieur, que j'avais une
« grande idée des Romains; je les croyais
« loyaux et justes. Je n'aimais pas les Athé-
« niens, parce qu'ils étaient trop légers. Tout

---

1. Michelet, à la veille de sa mort, préparait une histoire de la Restauration. En me dictant cette note et celles qui vont suivre, — car sa main droite, qui avait été paralysée, peinait à tenir la plume, — il me disait : « Travailler c'est durer, et il faut que je vive encore pour raconter cette époque et tout ce que j'ai vu de si près. J'écrirai là-dessus cent pages du plus haut intérêt. » Hélas! un mois plus tard, sa plume était brisée!...

« en préférant les Spartiates que je trouvais
« plus francs, mais trop austères, je croyais
« que le caractère des Romains tenait le
« milieu entre celui de ces deux peuples.
« J'ai conservé cette idée jusqu'à la guerre
« des Samnites, mais je l'ai perdue au mo-
« ment du traité rompu avec Posthumius,
« avec l'*assentiment* de la *nation*.

« Je vous ai suivi sans difficulté dans ce
« que vous m'avez tracé sur les hommes cé-
« lèbres dont la science a été résumée par
« Aristote. Vous me demandez mon opinion
« sur le motif qui fit agir Thémistocle à Sala-
« mine. Je pense que le détroit était une
« position plus avantageuse pour les Grecs,
« sans cela Thémistocle aurait reculé comme
« il l'avait fait à Artemisium.

« L'observation que vous faites en faveur
« des Ioniens m'a beaucoup frappée ; elle
« prouve que le luxe devient moins néces-
« saire quand on a les jouissances de l'es-
« prit.

« Je ne comprends pas bien clairement
« s'il faut que j'approuve l'action du peuple

« athénien qui ne voulait pas laisser à Péri-
« clès la gloire d'avoir élevé les Propylées,
« le Parthénon, etc.

« Veuillez, monsieur, avoir la bonté de
« m'en parler dans votre prochaine lettre
« que je recevrai avec grand plaisir.

« LOUISE. »

Dieppe, 24 août 1829.

II

« Quand vous m'avez fait étudier l'his-
« toire grecque, monsieur, j'étais si frappée
« de la grandeur des Grecs et des Cartha-
« ginois, que j'avais peine à comprendre
« comment les Romains seraient un jour les
« maîtres du monde. Je pense comme vous
« que le genre humain eût été bien malheu-
« reux sous la domination des Grecs et des
« Carthaginois. Je me rappelle, à ce sujet, la
« preuve de modération que donnèrent les
« Romains en se retirant sur le mont Aventin.
« Vous m'avez fait remarquer que les Grecs
« auraient, en pareil cas, pillé les maisons
« des riches.

« Les Carthaginois eussent rendu le monde
« bien plus malheureux encore. J'ai trouvé
« les vers anglais que vous m'avez envoyés
« très beaux, ainsi que la réflexion qui ter-
« mine votre lettre. « La Providence amène
« tous ces événements pour notre bonheur. »

« Votre citation me donne l'envie de vous
« en faire une. C'est une phrase de Bossuet
« qui rappelle par quels faibles moyens le
« christianisme s'est propagé, après avoir
« été préparé par de si grands bouleverse-
« ments. Cette phrase la voici :

« Alors seulement, et ni plus tôt ni plus
« tard, ce que les prophètes et le peuple
« juif, lorsqu'il a été le plus protégé et le
« plus fidèle, n'ont pu faire, douze pêcheurs
« envoyés par Jésus-Christ et témoins de sa
« résurrection l'ont accompli. »

« Je suis charmée que vous soyez content
« de ma première lettre. Je recevrai avec
« grand plaisir votre réponse.

« LOUISE. »

Dieppe, 10 septembre 1829.

*
* *

« Madame la duchesse de Berry, — Carolina de Naples, — n'assistait à mes leçons que par échappées. Lorsque la cour était à Saint-Cloud, elle devait traverser la salle d'études pour se rendre chez sa belle-sœur, Mme la duchesse d'Angoulême. Alors, debout, elle écoutait un instant, jetait un mot aimable au professeur, embrassait sa fille et s'éclipsait.

« Très intelligente, mais vive et mobile à l'excès, je ne sais s'il lui eût été possible d'en prendre beaucoup plus et de fixer longtemps une même pensée. Cette mobilité extrême révélait déjà ses origines méridionales. Mais les jours où elle passait sans paraître nous apercevoir, et qu'à sa démarche inquiète, à l'éclat sombre du regard, on devinait, sans paroles, le trouble et l'agitation d'un orage intérieur, ces jours-là, on se ressouvenait que cette enfant du Midi était née, de plus, entre deux volcans.

« La lave brûlante semble, en effet, couler avec le sang, dans les veines de ces filles
du Vésuve et de l'Etna.

★
★ ★

« Quelques piqûres faites à son amour-
propre de reine, me fournirent cependant, à
plusieurs reprises, l'occasion de lui apprendre
l'histoire de son pays qu'elle ignorait complètement. Je raconterai notre premier entretien parce qu'il donnera au lecteur un portrait de la femme, peint par elle-même, et
d'une ressemblance frappante.

« C'était un matin. Je causais avec Mlle Vachon, attendant Mademoiselle, un peu souf-
frante. Mme de Berry apparut dans un élégant
déshabillé et fit comprendre par un geste,
qu'elle avait à me parler. Dès que la gouvernante se fut retirée, la duchesse vint s'asseoir
assez familièrement près de moi, et me pria
de l'éclairer sur un point de l'histoire d'Italie qui avait été la veille fort discuté dans son
entourage. Les parties n'ayant pu se mettre

d'accord, elle avait été prise pour arbitre,
ce qui, de son aveu, l'avait jetée dans le plus
grand embarras.

« En riant, elle me dit : « Pour m'en tirer
honorablement, j'ai pris un prétexte, une
affaire urgente qui m'obligeait à sortir, et
j'ai remis à ce matin ma réponse. Je viens
donc bien vite me renseigner près de vous. »

« Elle reçut de fort bonne grâce la petite
leçon qui devait la faire valoir ; elle écouta
même un peu au delà, comme une personne
qui est vivement intéressée. Puis, tout à coup,
elle se leva, repoussa son fauteuil, et, avec
la mutinerie d'une enfant dépitée, elle s'écria:
« Je rougis de mon ignorance, mais il n'y a
vraiment pas de ma faute. Je ne sais rien,
parce qu'on ne m'a rien appris. Personne ne
s'est occupé de mon éducation, et c'est dommage. Je vous assure, M. Michelet, que j'eusse
été, autant que Louise, une bonne élève. Si
j'essayais ?... Mais c'est trop tard, n'est-ce
pas ?... Et puis, la petite, me voyant devenir
aussi votre écolière, pourrait bien perdre une
partie du respect qu'elle me doit. Pour en

imposer, il faut que les mères s'arrangent de façon à paraître en savoir toujours beaucoup plus que leurs filles. N'est-ce pas aussi votre opinion ? »

« Inutile de dire que la trop mobile princesse n'attendit pas ma réponse. En femme gracieuse, plus qu'en reine, elle me tira sa révérence, et rentra dans ses appartements.

* *
* *

« Le duc de Bordeaux n'assista jamais, non plus, régulièrement à mes leçons. Mais il en avait l'écho par son gouverneur, M. de Damas. Celui-ci ne vint d'abord dans notre salle d'étude, que sous le prétexte de quelque information ou d'un conseil à prendre près de Mme de Gontaut-Biron qui avait le titre de gouvernante des Enfants de France. S'il trouvait le cours commencé, par politesse il s'asseyait, écoutait et semblait s'intéresser. Un jour, il s'intéressa si réellement, qu'il me remercia et m'avoua, en même temps, les profondes lacunes de son éducation première, faite, je crois, dans l'exil. Puis, sans ambages, il me déclara qu'il allait se refaire écolier : « Le vôtre, M. Michelet, si vous le voulez bien. »

« Et cela se fit en effet. Seulement, pour que la chose restât secrète, j'allais le matin, de bonne heure, lui donner sa leçon, chez lui, rue de Varennes [1]. »

« Une seule personne se tenait obstinément à l'écart de tout ce mouvement d'idées, d'études. C'était la triste Mme d'Angoulême. Appelée par son mariage à régner peut-être un jour sur la France, elle ne faisait rien pour se préparer à son futur rôle de reine. Son attitude habituelle, toute négative, semblait plutôt dire : « A quoi bon ? » J'ai su qu'en effet, l'avenir lui apparaissait fort en noir. A Saint-Cloud, l'été, je pouvais l'entrevoir dans un des salons du rez-de-chaussée, presque toujours seule, et toute repliée sur

---

1. Une lettre du baron, que nous avons sous les yeux, témoigne de l'ardeur qu'il mettait à recevoir, du maître, ce tardif enseignement.

elle-même. Parfois, elle laissait aller sa tête dans sa main et restait ainsi des heures, comme ensevelie dans les ombres du passé. A cette époque, Mme d'Angoulême avait quarante-neuf ans. Rien ne restait plus au visage, de sa beauté, de sa jeunesse, mais elle conservait encore de fort beaux bras. »

*
*   *

Ainsi, Michelet enseignait à peu près toute la cour. Il était bien aussi un peu, avec Mme de Gontaut, le directeur de toute l'éducation de la petite princesse. Au bout de six mois, les Gouvernantes ne savent plus s'en passer ; elles le consultent sur tout ; elles voudraient qu'il fût l'*unique* et se réservât même l'enseignement des langues vivantes, fort à la mode sous la Restauration. Les Princes, dans leur exil, en avaient senti l'impérieuse nécessité.

Michelet les possédait mieux que personne et scientifiquement, ayant, comme on l'a vu, traduit Reid et Dugald-Stewart de l'anglais,

Vico de l'italien ; et, de l'allemand, les textes les plus difficiles qui embarrassaient même Grimm : ceux qui donnent les formules du droit.

En résumé, on travaillait bien dans ce petit coin du château. Il y avait là comme une vie de famille, toute réservée et fort édifiante. Aucune morgue. Ni dieux, ni déesses. On l'a vu aux entretiens de Mme de Berry, et aux lettres de sa fille, d'une si charmante familiarité. C'est à son ami qu'elle répond bien plus qu'à son professeur d'histoire.

La seule étiquette dont la cour n'avait pu s'affranchir était celle du costume. Les femmes y tenaient. Il fallait donc porter la culotte courte, les bas de soie, le jabot et les manchettes de dentelle. Grand souci pour Michelet. Il s'y refusa d'abord, craignant par-dessus tout le ridicule. Bien à tort en ceci. Le costume du dix-huitième siècle, dont il était si profondément le fils, convenait aussi, à merveille, à sa rare distinction. La poudre ne fut pas nécessaire. Ses cheveux d'un

blanc de neige, dès l'âge de vingt-cinq
ans, paraient sa jeunesse austère d'une sorte
d'auréole.

*
* *

Lorsqu'aux premiers jours de mars de
l'année 1830, il vint, visiblement fort atteint,
faire ses adieux, il y eut des larmes au château. Celles qui restèrent cachées ne sont pas
les moins émouvantes :

« Elle avait remué mes entrailles de
père », s'écriait un jour Michelet, racontant
ce passé. « Ah! l'aurais-je tant aimée, si elle
n'eût été, à ce point, la fille de mon esprit !
Et si charmante, si simple, si docile!... Tout
mon regret, c'est que cet enseignement ait
été si court et qu'il n'ait pu porter que des
fruits éphémères... S'il eût duré davantage,
j'en eusse fait une femme et une si bonne
reine ! »

On sent bien que sa pensée le suit partout
dans ce voyage: Pour elle, il cueille sur les
tombes vénérées du Campo santo de Pise,
« de toutes petites fleurs lilas qui semblent

porter le deuil du passé ». A Rome, il en
cueillera d'autres dans l'enceinte même du
Colisée, parmi les ruines. En envoyant
celles-ci, il lui dit : « On les croirait rougies
encore du sang des martyrs. »

A ces fragiles fleurs, il joint une chose
plus durable, son *Journal*, ses notes qui lui
donneront, même, à distance, la plus vive
impression de Rome. *Elle* est d'autant
mieux préparée à les recevoir, qu'ils ont
déjà parcouru, ensemble, l'histoire des
Romains de l'antiquité.

Si tout n'a pu passer dans la correspondance, elle eût fait le volume que nous allons
publier, — nous savons du moins que le maître y mit le meilleur, nous voulons dire,
tout ce qui pouvait amorcer l'intérêt, ai-
guiser le désir d'en savoir davantage. C'est
bien là le caractère du véritable enseignement : aimanter l'esprit pour le préparer
à recevoir et s'assimiler les choses plus difficiles qu'on lui dira au retour.

L'effet voulu était produit. Mlle Vachon
écrivant à M. Michelet, lui dit : « Vos lettres

intéressent Mademoiselle, au plus haut degré, et Madame la duchesse veut que je vous le dise. »

Ces lettres, « écrites avec un plaisir extrême pour une âme d'enfant », se sont égarées sur les routes de l'exil. Ce que nous publions aujourd'hui, c'est le Journal qui nous les rend, mais plus complètes sans doute, et dans une liberté plus entière.

Il nous a semblé préférable de tenir à part le voyage à Rome, non seulement parce qu'il date un moment de l'histoire du monde, mais aussi de la vie de Michelet.

L'accueil que feront ses fidèles lecteurs à ce premier volume, nous dira si nous devons hâter ou retarder la publication du second, lequel donnera les voyages en Angleterre, dans les Flandres, la Lombardie, le Tyrol, etc. Ce volume est également tout prêt pour l'impression.

Mᵐᵉ J. MICHELET.

I

DU MONT CENIS A GÊNES

I

DU MONT CENIS A GÊNES

Cette nuit j'ai franchi les Alpes et me voici descendu dans la capitale du Piémont. J'aurais pu, en cette saison surtout, choisir le passage le plus rapide, prendre la route du Simplon, qui est la porte triomphale de l'Italie. Je serais tombé en pleine fête de printemps, au milieu des riches plaines lombardes, des jardins de marbre, des citronniers en fleurs.

L'historien a dû préférer la route suivie par les migrations humaines et par nos armées françaises.

Dès Saint-Michel, au pied du Mont Cenis, le paysage d'hiver, qui n'était jusque-là que mélancolique, tout à coup s'attriste et prend le deuil. Les noirs sapins envahissent la vallée, ils semblent monter à l'assaut des montagnes qui la dominent. Ils s'élancent hardiment, sans vertige des précipices dont ils voilent l'horreur sous l'amoncellement de leurs longues branches retombantes.

Pauvre pays de la Maurienne !... Où est l'amitié de la Nature pour l'homme ? Ici, de tous côtés, je la vois hostile.

On est d'autant plus frappé de la bonté de ce peuple. Elle perce dans la laideur savoyarde, dans le regard, le sourire, le salut amical donné au voyageur qui se risque. Ce salut, ce sourire, semblent le combler de vœux.

Le jour tombe, il va faire la rude montée dans la nuit et la désolation.

Nous montons, en effet, et les arbres ont déjà baissé de taille, sans doute pour donner moins de prise au vent cruel qui les flagelle.

Nous montons, et les robustes sapins eux-mêmes, peu à peu disparaissent. La forêt n'est guère plus qu'une haute prairie de broussailles. La prairie ligneuse et l'herbe même, à leur tour s'évanouissent. Un coup de froid aigu qui vous cingle le visage, au tournant de la route, vous avertit durement que vous approchez de la région des glaciers.

Maintenant, sur les ruines, c'est le désert qui règne : un désert morne, sur lequel les vents déchaînés se livrent de furieux combats. La vie ne se montre nulle part, et cependant, tout se plaint, tout hurle, tout gémit.

Ces routes créées par le génie de Napoléon, si périlleuses l'hiver, si rudes, même au printemps, ne sont pas moins les voies bénies du commerce des peuples.

Pendant que je rumine ces pensées, nous atteignons la cime du mont. A travers les pâles lueurs de l'aube, tout autour, j'entrevois le cirque grandiose des Alpes !... Les neiges couvrent tout. N'importe, c'est déjà

4.

l'Italie! la guérison [1]. Je n'ai plus qu'à me laisser glisser jusqu'à Suze.

L'hôtel où je m'arrête pour prendre quelques heures de repos, a tellement confiance dans la bonté du soleil, que rien ne ferme. Dans toutes les chambres à coucher, le vent a ses libres entrées et l'hôte vous dit avec sa bonhomie familière : *Non chiuse, signore, l'aria é cosa buona.*

Notons un trait bien italien : partout des glaces immenses pour se voir de la tête jusqu'aux pieds; mais peu, très peu d'eau pour la toilette.

Je poursuis ma route dans la gaieté du matin, sur cet étroit jardin entre les monts. Étroit, charmant, touchant, toujours en péril sous la froide haleine des neiges. Quelques petites fleurs se hasardent déjà, sachant, par expérience, que le souffle tiède du Midi va leur venir.

Dès Turin, on sort de la langue française.

---

[1] Michelet, on l'a vu, était parti fort malade.

Je n'entends plus que le mélodieux italien.
L'air, tout chargé de brumes et de neiges sur
le versant savoyard, s'est trouvé pur et écla-
tant de ce côté des Alpes. Du balcon où j'écris
mon Journal, je suis, par toute la place, les
chanteurs, les joueurs de violon, les farceurs
qui improvisent dans la langue de Dante et
de Pétrarque, pour l'amusement de quelques
soldats oisifs qu'émerveille leur verve.

Cette transfiguration de la nature, la
beauté de cette soirée toute méridionale,
l'animation de ce peuple mime, avide de
fêtes, attriste plutôt qu'elle ne récrée celui
qui se retrouve seul dans une banale hôtel-
lerie. La famille, les amis qu'on a laissés
derrière soi ont, au moins, la maison, les
habitudes d'une vie commune pour rappeler
l'absent, adoucir l'amertume des regrets.
Tout manque au voyageur solitaire. Je
referme ma fenêtre.

On sent trop aussi que sous cette existence
légère, il y a peu de vie morale. Cette pauvre
Savoie, que je n'ai fait que traverser, allait
mieux à mon cœur.

Je resterai pourtant ici jusqu'à dimanche, afin de consulter les archives et de prendre un repos bien nécessaire après sept nuits sur douze, passées en diligence.

..... Ce matin, jeudi, 25 mars, j'ai entendu une messe dite par le professeur Gazzera, secrétaire de l'académie des lettres, à qui je suis recommandé.

C'était une belle grand'messe en musique, avec deux ou trois cents cierges allumés à l'autel. Ajoutez une pompe, une féerie qu'on n'imaginerait pas dans nos pays du Nord. Personne, à Paris, n'a chômé pour l'*Annonciation*. Ici, toutes les boutiques sont fermées et le peuple, endimanché, remplit les rues. Hier soir, toute la ville était magnifiquement illuminée. Au reste, avec ce beau ciel et ce peuple comédien, quels sont les jours où la ville ne paraît pas en fête?

Turin est pourtant la plus ennuyeuse capitale qu'on puisse imaginer. Il faudrait à ce peuple, trop ami du *farniente*, un levier, une idée puissante, qui sait, même un péril, pour le relancer dans l'action.

Si l'Italien chôme le plus souvent qu'il peut, les eaux, en revanche, sont singulièrement actives. Dès que les neiges, touchées d'un souffle tiède, commencent à fondre, vous les voyez tomber de tous les monts qui cernent la ville et la parent d'une noble austérité. Arrivées en bas, ces cascades se font ruisseaux bouillonnants, joyeux, pressés, ce semble, d'aller se jeter dans le fleuve. On les rencontre partout, dans les prairies, au bord des allées, au milieu des rues, jasant haut, parfois d'une voix un peu grondante, mais qui fait si grand plaisir à entendre. C'est la vie même qui passe, et sans cesse renaissante.

La verdure des prairies, d'une intensité singulière, en témoigne. L'herbe, partout, a déjà répondu aux appels du printemps. Les arbres seuls sommeillent encore, bien que l'on soit à la fin de mars. Leur nudité nous rappelle que nous sommes toujours dans la région du Nord.

*
* *

J'ai quitté Turin et suis venu à Gênes

en passant par Alexandrie, ville toute militaire, assise en vigie sur la haute plaine. On
ne traverse le Tanaro que sur des ponts
couverts, ce qui dit assez que les vents ba-
taillent aussi à leur manière. Ceux qui prennent par le chemin de la Corniche sont
conduits à Gênes par sa fameuse lanterne
que l'on voit de très loin. Elle vous guide la
nuit, et vous indique le port.

Ville bruyante, vie rude pour l'homme,
cruelle pour les animaux domestiques, pour
l'âne surtout, laborieux, patient, plein de
finesse, j'allais dire de pensées. Je le vois
descendre avec précaution de la montagne,
par des sentiers croulants que son fin sabot
peut seul pratiquer. Il arrive en bas, le dos
chargé de longues planches qui gênent ses
mouvements. Parfois il succombe sous le
faix. Ici, la brute c'est l'homme. Au lieu
d'alléger le fardeau pour aider le pauvre
animal à se relever, son conducteur, je ne
puis croire que ce soit son maître, le roue de
coups, l'accable de vociférations, ce qui,
dans cette âpre langue ligurienne, n'est

pas pour la victime, le moindre supplice [1].
Mais assez de cet enfer.

Gênes n'est qu'églises et palais de marbre.
La cathédrale de San-Lorenzo, qui s'offre la
première, frappe le regard désagréablement,
par l'alternance de ses colonnes noires et
blanches. C'est d'un effet mortuaire. Peu de
statues et mauvaises; presque point d'art, ce
qui étonne en Italie. Il en est souvent de
même pour les palais. Il faut pourtant mettre
à part le palais Doria qui, de ses beaux portiques, de ses terrasses aériennes, découvre
l'admirable vue du port.

A l'intérieur, beaucoup de portraits où
l'on retrouve le trait frappant de cette race
ligurienne, à la fois fine et dure, la dureté et
le cassant de l'acier. D'abord, Philippe Doria
tué par Fieschi, figure d'homme borné et
brutal. Toute la salle où est placé son portrait, avec ses aigles noirs et ses géants fou-
droyés, semble pleine de vengeance.

J'ai remarqué dans ce palais et tous ceux

1. Voir un *Hiver en Italie*.

que j'ai visités : Serra, Spinola, Rozzo, etc.,
la prédominance de l'école flamande, ce qui
indique, chez ces grands seigneurs, tout
autre chose que l'amour de l'idéal.

On erre en pleine solitude sous ces portiques, dans ces jardins de marbre très
beaux, malgré leurs ifs grotesquement tail-
lés. Tout cela laissé à l'abandon. Le descen-
dant des Doria vit à Rome, à Paris, partout,
excepté chez lui.

Le triste état des campagnes autour de
Gênes, de Rome, de Venise, explique la servitude de l'Italie. Ici, ni terre féconde, ni
manufactures. Rien que le commerce du
transfert comme chez les Anséatiques.

II

PISE ET SON CAMPO SANTO

II

PISE ET SON CAMPO SANTO

Parti de Gênes à six heures du soir, je longe d'abord le rivage de la Méditerranée. Sous les rayons de la lune, c'est une mer d'argent mat. Toute au repos dans cette nuit calme, elle dort.

Puis, je m'engage dans les sombres défilés de l'Apennin. Cette épine dorsale de l'Italie qui se prolonge du nord au sud, la sépare en deux versants, oriental, occidental. C'est une Cordillère en miniature. Point de très hauts sommets; peu ou point de neiges, souvent une sauvage nudité. L'imprudence des

hommes a commencé le déboisement de la
montagne. Les arbres retenaient la terre sur
les versants rapides, ils modéraient, par de
naturels barrages, la chute des torrents. Les
arbres une fois abattus, les torrents, ne trouvant plus d'obstacles, se sont précipités, ils
ont emporté ce qui restait de terre végétale
et consommé la ruine de l'Apennin.

Vous les entendez ces torrents, au fond de
leurs entonnoirs sinistres, remuant à grand
bruit des pierres noires et rondes comme
des boulets.

La région moyenne de la montagne, éta-
gée en terrasses, se pare de rouges bruyères.
Plus bas, les lauriers, les ormes se marient
à la vigne. Après Pistoïa, cité de l'assas-
sinat, du pistolet, où Catilina fut défait et
tué, l'Italie révèle ses origines volcaniques.
La nuit, des hauteurs de l'Apennin qui dé-
couvrent un vaste horizon, vous voyez sur
la plaine flamboyer, au ras du sol, de petites
solfatares.

On croit vivre aux temps les plus reculés,
en voyant des femmes aux formes viriles

travailler, comme les Liguriennes de l'antiquité, à bâtir des murailles. A l'inverse des
Toscanes qui traînent des fardeaux, celles-ci
les portent sur leur tête. Pour l'abriter du
rude contact, le *mezzaro* de Gênes s'aplatit
en serviette carrée.

Depuis Lyon, je suis avec un vif intérêt
les progrès de l'art. Arrêté à Genève par les
Alpes et la didactique ; en Savoie, — patrie
du laid physique et du beau moral, — par
la pauvreté, l'art reparaît en Piémont, dans
l'intention du moins. Beaucoup de madones
peintes au-dessus des portes. Nouvel arrêt
en Ligurie. On ne retrouve l'art à Gênes, que
par la surabondance et la richesse de l'école
flamande.

A Sarzane, à Carrare, pays du marbre, à
Massa, se révèlent les premiers essais de la
sculpture. Les bas-reliefs ornent les balcons,
les fenêtres des maisons patriciennes où les
femmes se montrent parées de fleurs. Elles
vont bien à leur visage aimable, à leurs cheveux noirs, à leur sourire.

Dix lieues d'oliviers, dont la pâleur virgi-

lienne s'égaye des retombées de la vigne,
mènent le voyageur de Lucques à Pise. Il est
minuit. La place où je débarque, au bout du
pont, et le beau quai de l'Arno demi-circu-
laire, sont délicieusement éclairés par la
lune. Dans les nombreuses pharmacies, — ce
sont en Italie, autant que les cafés, un lieu
de rendez-vous pour les oisifs, — on jase, on
discute. Tout ce quartier, habité de préfé-
rence par les riches étrangers, est aussi
animé qu'en plein jour. Les étudiants se promènent et chantent. La vie semble s'éveiller
avec la nuit, ce qui est peut-être logique
dans un pays de vive lumière. Seul, le fleuve
toscan se conforme aux lois de la nature.
Immobile, entre ses deux rives de marbre, il
oublie de couler, il sommeille.

Dès l'aube, je cours au Campo Santo où
l'on enterre encore. L'intérieur du cloître
est tout simplement sublime. Cette *sainte*
terre rapportée de Jérusalem en vain; ce
jugement cruel, terrible dont Pise ne s'est
jamais relevée, j'en retrouve l'horreur dans

le *Jugement dernier* d'Orcagna, plein de monstrueuse ironie.

En face, sur le mur opposé, la gaieté dans le malheur même, les sérieuses joyeusetés de la Renaissance : Noé moqué comme Pise ; la mère antique et vénérable, moquée par Florence, par Gênes. Pise enlevée tout entière et menée en esclavage dans la dure Ligurie. Je cueille, en pensée de Mademoiselle, de toutes petites fleurs dont le feuillage recouvre presque toutes les tombes[1]. Ces fleurs, d'un pâle lilas, semblent porter le deuil de ce grand passé.

Sur la place, tout près du cloître, la *Tour penchée*, ennoblie par la beauté du marbre et des proportions. Puis, la cathédrale, le *Duomo*, avec sa triple colonnade, ses portes de bronze, l'idéal du genre byzantin, avec la légèreté arabe. Les marbres noirs et blancs alternent avec les pilastres et non plus dans les colonnes comme à Gênes, ce qui, à part le mauvais goût, rompt l'unité des édifices.

1. Labiée connue sous le nom de *symbalaire*.

En face des quatre monuments : *Tour,
Duomo, Baptistère, Campo Santo,* un mur
tout à coup se dresse et masque tout, cache
la mer, l'infini, emprisonne la ville... Emprisonne?... Non. C'est de là que partit Galilée,
Ainsi la vie part du sépulcre.

A deux pas du cimetière, l'Université : la
mort et la vie s'enseignant l'une l'autre. Je
me mêle aux étudiants, j'assiste aux cours
publics, j'écoute M. de Rossi expliquant à de
jeunes abbés l'amour du Tasse. — Il y a un
malentendu sur Pise. Malgré son malheur
et la tristesse de ses palais déserts, malgré
l'indicible mélancolie de ses soleils cou-
chants, non ce n'est pas *Pisa morta.* Il y a ici
une grande douceur, un grand équilibre.
Cette ville est favorable aux sciences. L'élan
du xvi° siècle triomphe encore dans son
mystérieux petit cloître.

J'ai voulu le revoir avant de quitter Pise.
La lune ne l'éclaire encore que d'indécises
lueurs. J'arrête mes pas, je retiens mon haleine, j'écoute... Qui sait si dans ce grand

silence de la nuit, et, dans une si grande inti-
mité avec la mort, je n'entendrai pas s'ex-
haler, en faibles soupirs, la plainte du passé?
Beaucoup d'étrangers se sont arrêtés ici, ont
voulu y mourir. — Une âme malade comme
l'est la mienne, a aussi bien de la peine à
s'arracher. Je ne conserverai de l'Italie, je le
sens déjà, aucun souvenir, aucun regret plus
vif que de cette ville de Pise. Florence est
bien splendide, Rome bien majestueuse et
bien tragique ; mais avec tout cela il me
semble qu'il serait doux de vivre et de mourir ici, de dormir au Campo Santo. Ce n'est
pas seulement, je l'avoue, parce que la terre
en a été rapportée de Jérusalem sur je ne
sais combien de galères ; mais cette architecture arabe si légère, ces marbres noirs
et blancs s'harmonisent si bien par leurs
belles teintes jaunâtres avec le ciel et la verdure ; et cette tour de marbre se penche
d'un air si compatissant sur la vieille ville
qui n'a conservé rien autre de sa splendeur...
Ah ! les pierres ont là un sentiment et une
vie. — Dans ce cloître où tant de figures

mystiques me regardent d'un œil scrutateur,
je remarque entre les antiques tombeaux
étrusques et ceux des croisés italiens, la statue pensive de l'Allemand Henri VIII, le che-
valeresque et religieux empereur qui fut em-
poisonné dans la communion et mourut
plutôt que de rejeter l'hostie [1].

Il faut pourtant que je m'arrache... que je
vous dise adieu, chers morts aimés près de
qui j'aurais voulu vivre... Onze heures son-
nent. Le courrier va me prendre pour me
mener à Florence.

... Jolie et douce route de Toscane. L'Arno,
coupé souvent et poursuivi, échappe. Et moi
aussi, j'échappe à la mélancolie dangereuse
de mes pensées. Je me retrouve moi, étant
replacé dans la nature et l'histoire naturelle.

---

1. Cette page se retrouve dans l'*Introduction à l'Histoire
universelle*, écrite après la Révolution de 1830.

III

L'ÉTRURIE

III

L'ÉTRURIE

Mon but est Rome. Il faudra donc qu'en
une semaine, j'embrasse un monde d'études,
d'arts, de souvenirs. Ce que je viens chercher en Toscane, avant tout, c'est ma vieille
Étrurie. Concentrée entre la mer et les montagnes, elle a, dès les temps les plus reculés,
constitué une société à part, dans une unité
qui a manqué aux autres peuples de l'Italie.
Dans l'antiquité, elle a été le berceau de la
civilisation italienne. Rome l'a reçue d'elle,
et par elle, a influé puissamment sur le
monde. Et pourtant, malgré cette grande

place qu'elle a tenue dans l'humanité, ce que nous ignorons le plus des choses ignorées, c'est l'Étrurie.

Elle est l'Égypte de l'Occident. Celle de l'Orient, avec ses sphinx énigmatiques, ses hiéroglyphes, est claire à côté. Le système de la religion étrusque n'a que de faibles et incertaines ressemblances avec les religions de l'Orient ; les dissemblances, au contraire, sont hors de doute et de la plus haute importance.

Notons d'abord les ressemblances : La doctrine des âges du monde, chez les Étrusques, fait penser aux cosmogonies de la Perse et de l'Inde. On est aussi tenté de voir, dans les *Pénates*, ces forces pénétrantes de la nature adorées en Orient sous le nom de kabyrs, et transportées dans la religion pélasgique de Samothrace et de Dodone.

Mais s'il y a sur ce point des analogies entre les deux religions, on ne peut méconnaître que les résultats ont été tout différents. Dans l'Orient et dans la Grèce, rien ne rappelle cette religion de la famille qui, chez les Étrusques, réunissait le père, la mère, les enfants et même les esclaves, autour de l'*atrium*[1] et du *focus,* autour de ces dieux du foyer qui étaient, pour ainsi dire, les parents et les amis de celui qui les adorait.

Il n'y a aucun rapport entre ces divinités tutélaires, et les mystérieux kabyrs dont les formes étranges, bizarres, inspiraient un religieux effroi.

Quant à Bacchus dont on a cru retrouver le culte en Étrurie, il n'y a été connu qu'après que les Grecs eurent importé leurs idées en Italie. Les Étrusques, d'ailleurs, n'adorèrent point ce dieu comme le mystérieux conducteur des âmes à travers le monde. Ils ne prirent du culte bachique que la partie sensuelle.

* * *

Constatons maintenant les différences : La divination par la foudre qui était un

---

1. Cour intérieure.

moyen d'arracher au ciel des indications
précieuses au profit de la terre, est tout à
fait particulière aux Étrusques. D'autre part,
ce peuple, le plus religieux de l'Italie, eut
toujours néanmoins dans ses usages, ses
cérémonies, sa religion même, un but d'utilité pratique; jamais le désintéressement de
l'Orient et de la Grèce.

Vous ne trouverez pas, non plus, dans les
monuments étrusques, comme dans ceux de
l'Orient, de superbes inutilités. Les monuments de l'Étrurie ce sont, autour des villes,
ces murailles gigantesques destinées à les
défendre des surprises de l'ennemi. Les
Étrusques bâtissaient sur les hauteurs. Florence fut l'œuvre de Sylla. Ils ne l'eussent
point exposée aux inondations de l'Arno.

Pour construire ces murs de défense, pour
jeter les uns sur les autres ces blocs énormes, et les affermir, les lier pour ainsi dire
les uns aux autres sans le secours d'aucun
ciment, il semble qu'il ait fallu des bras de
titans. Œuvre indestructible! Le temps, ici,
s'avoue vaincu. La race infortunée des

Pélasges à laquelle appartenaient les Étrusques, a disparu depuis deux mille ans ; Fiesole, depuis vingt siècles, n'est plus qu'un tombeau. Elle le garde religieusement, la colossale muraille !... Immuable, elle rit des protestations de la mort, et comme la vie elle dit : « Je suis éternelle. »

Les monuments de l'Étrurie, ce sont encore, dans la campagne, ces aqueducs prodigieux pour la conduite des eaux, le dessèchement des terres inondées par les débordements du fleuve. Les Étrusques ont été les maîtres en agriculture, dans l'antique Italie. Aux terres froides, pour les aérer, les réchauffer, ils donnaient jusqu'à neuf labours [1]. Sur les rivières, ils jetaient des ponts indestructibles... Chez eux, les magnifiques sépultures ne sont pas, non plus, une chose désintéressée. Bien que gouvernés par des castes sacerdotales, les Étrusques avaient

[1]. M. Chéruel, qui était élève de l'École normale au moment où Michelet revenait de Rome, m'a parlé avec enthousiasme d'une leçon sur l'agriculture antique en Étrurie et dans le Latium. Cette leçon, et les notes qui ont servi à la préparer, ont également disparu.

peu de temples proprement dits. Les tombeaux étaient souvent destinés à en tenir lieu.

Une chose encore sépare profondément ce peuple de l'Orient. Vous ne trouverez point dans les formules qui nous restent des pratiques étrusques, le caractère respectueux, dévoué, abandonné de l'adoration orientale. La formule par laquelle l'augure consacrait, par exemple, un *Templum* [1] était une stipulation faite avec les dieux. L'augure se servait des paroles les plus précises, ne promettant rien de trop, ne s'engageant pas, et, de crainte que les dieux fussent de mauvaise foi, il avait soin d'ajouter : *Utique ea rectissime sensi* [2], ce qui était la formule d'un contrat.

Cette attention si grande chez les Étrusques à la valeur des termes dont se servait

---

1. Le mot *Templum* avait, dans l'antiquité, plusieurs acceptions. Ici, il signifie un espace de terrain affecté à un usage religieux.

2. Ces mots qui terminaient la formule de l'augure veulent dire : « C'est ainsi que cela doit être toujours. » C'est le *per omnia secula seculorum* des chrétiens.

l'augure, attention qu'on retrouve plus tard chez les Romains, est tout à fait l'opposé de l'Orient. En Grèce même, la parole n'était que l'interprète de la pensée. En Étrurie, l'augure se fût-il trompé et le présage qu'il avait jugé favorable fût il mauvais, les dieux étaient sommés de remplir les conditions du contrat. S'ils y manquaient, l'augure n'en était pas responsable. Il y avait eu chez lui bonne foi, l'intention faisait tout. La faute en était aux dieux seuls qui n'avaient pas tenu leur promesse.

Tous ces faits sont d'autant plus importants à signaler, que nous retrouvons, chez les Toscans du moyen âge, le même esprit pratique. Les églises à cette époque étaient des lieux d'assemblées publiques. Il en était de même, sans doute, en France, en Angleterre, en Allemagne; mais voici la différence : Pendant que ces pays ne bâtissaient que des églises, les Italiens avaient toute une architecture civile. Ils construisaient, comme les Étrusques, des aqueducs, des ponts, des routes... ajoutez-y des palais qui constituaient dans les villes, à cette époque, de véritables citadelles. Avant le seizième siècle, on n'eût trouvé nulle autre part qu'en Italie, un palais comparable au palais Pitti. Et ce n'était pas le seul à Florence. D'autres demeures seigneuriales s'élevèrent de l'autre côté de l'Arno. Elles sont, comme le palais Pitti, l'expression de cette architecture cyclopéenne dont l'antique Fiesole, la mère de Florence, dominante sur sa montagne, leur offrait le modèle.

Ces édifices massifs, sombres, impénétrables, je pense au Bargello, étaient, dans ces temps troublés par les divisions intestines, autant de forteresses dressées pour la défense.

Au moyen âge, nous voyons également la Toscane jouer le même rôle social que l'antique Étrurie. Non seulement Florence a été le théâtre de la renaissance de l'Italie, mais on la trouve encore à la tête de la civilisation de l'Occident. Ainsi, le caractère et le génie de cette vieille terre sont restés, pendant des siècles, identiques. Il y a une analogie frap-

pante entre l'art des anciens Étrusques et
et celui des Toscans de la Renaissance. La
raideur reprochée aux artistes modernes,
raideur dont Michel-Ange n'est pas exempt,
se retrouve dans les monuments de l'art
étrusque.

Le poème où sont consignées les antiquités
du Latium, l'*Énéide*, est l'œuvre d'un Toscan. Et c'est lui, c'est Virgile que Dante
prend pour guide, au moment de franchir la
porte de l'*Enfer*.

Ainsi, cette vieill erre reste celle de la
tradition et de la perpétuité historique, dans
notre mobile Occident.

Machiavel, ce maître en expressions frappantes, l'a dit d'un mot : « Ce pays semble
né pour faire revivre les choses qui ne sont
plus. »

IV

FLORENCE — PIA TOLOMEI

IV

FLORENCE — PIA TOLOMEI

Arrivé à Florence à cinq heures du matin,
j'erre seul dans les rues en attendant qu'elle
s'éveille. Jusqu'ici, l'Italie me plaît et me
charme plus qu'elle ne m'étonne.

Mais, tout à coup, au détour d'une rue, je
me vois en face du dôme de Brunelleschi !...
Le simple, le colossal, le sublime ! Non, le
chef-d'œuvre d'harmonie de la Renaissance
n'est pas, en architecture, Saint-Pierre de
Rome si vanté ; c'est *Santa Maria del Fiore*.
Rien n'est à comparer.

Le premier architecte de cette merveille

6

était mort lorsque ses fondations sortaient à peine de terre. Personne n'avait osé s'offrir pour la continuer. Brunelleschi se présenta.

Il avait tout calculé d'avance, s'inspirant surtout des monuments romains qui n'ont besoin, pour assurer leur durée, d'aucun secours accessoire. C'était un homme d'une grande volonté. Pauvre, afin de se faire un peu d'argent, il vendit un petit champ qu'il avait et partit pour Rome avec son ami, le sculpteur Donatello.

« Voyage périlleux alors [1]. La campagne romaine était déjà horriblement sauvage, courue des bandits, des soldats des Colonna, des Orsini. Chaque jour, en ce désert, l'homme se perdait, le buffle sauvage devenait le roi de la solitude. Elle continuait dans Rome. Les rues étaient pleines d'herbe, entre les vieux monuments devenus des forteresses, défigurés et crénelés. Ce n'était pas

1. Ici, Michelet reprenant ses notes en u fait, à vingt-cinq ans de distance, un si merveilleux emploi, que le lecteur nous saura gré d'avoir détaché cette page de son Introduction au volume de la *Renaissance*.

la Rome des papes, mais celle de Piranesi,
ces ruines grandioses et bizarres que le
temps, « ce maître en beauté », a savamment
accumulées dans sa négligence apparente,
les noyant d'ombres et de plantes qui les
parent et les détruisent. De statues, on n'en
voyait guère ; elles dormaient encore sous le
sol ; mais des bains immenses restaient, onze
temples presque tous disparus maintenant,
des substructions profondes, des égouts mo-
numentaux où auraient pu passer les triom-
phes des Césars, toutes les sombres merveilles de *Roma sotterranea*.

.....Le Christophe Colomb de ce monde
n'était pas un dessinateur pour se contenter
de la forme. Il fit la plus profonde étude des
matériaux, de la qualité des ciments, du poids
des différentes pierres, de l'art qui les liait
entre elles. Il apprit des Romains tous leurs
secrets, et, de plus, celui de les surpasser.
Parfois, comme au pont du Gard, au cirque
d'Arles, les bases sont énormément larges, et
par delà le besoin. L'ambition titanique de
Brunelleschi, sa foi au calcul, lui firent croire

que, sur des assises moins larges, il mettrait premièrement les voûtes énormes des Tarquins, et, par-dessus, enlèverait le Panthéon à trois cents pieds dans les airs. »

Et cela, il le fit. A l'intérieur, point de bas côtés, c'est-à-dire de béquilles pour soutenir la voûte ; au dehors, point de contreforts. Le vaisseau lancé d'un jet, a monté simple, immense, comme la pensée de Dieu. Ici, je reconnais sa maison.

Autour, au dehors, la vie de la cité, le marché, son bourdonnement populaire. Le *Sasso di Dante* [1] y est encore, j'ai pu m'asseoir dessus. Autrefois, comme je l'ai dit, les églises de Dieu étaient aussi les églises du peuple et Dieu ne s'en offensait pas. La foule, dans l'intervalle des offices, venait discuter, sous son regard paternel, les intérêts de la cité.

Toute la grandeur du peuple toscan est là ; son âme y erre encore.

Au dedans, la simplicité antique ; à l'exté-

1. La pierre sur laquelle s'asseyait Dante lorsqu'il venait, les jours de marché, étudier la population des campagnes.

rieur, la richesse des marbres variés dans une harmonie suave. La disposition des trois édifices, sur la place, est la même qu'à Pise. Le Campanile et le Baptistère se séparent du Duomo ; ils n'en rompent pas la noble unité comme le font, ailleurs, les clochers joints aux cathédrales.

Le Baptistère, ancien temple de Mars, fermé de portes de bronze, se dresse imposant en face de la majestueuse église. A l'intérieur, sur les ors d'Orient des murailles, se détachent de grandes et graves figures byzantines.....

★
★   ★

Toujours errant, je rencontre une autre église : *Santa Croce*. Celle-ci, vaste, sombre nécropole. Elle enferme Dante, Michel-Ange, Galilée ! Que la mort est donc chose morte !... Ces trois titans couchés dans leurs tombeaux devraient, à eux seuls, faire éclater les voûtes de l'église...

A côté, Machiavel, Alfieri de Canova, très

6.

beau. Puis, la foule des inconnus, des médiocres ; les sottes allégories, le sublime et le vulgaire. Peu à peu, par l'effet d'un tel mélange, la forte impression s'émousse. Michel-Ange lui-même, avec sa rude figure, n'apparaît plus qu'un ouvrier fort et bon.

Il vaut mieux l'aller voir dans son œuvre au tombeau des Médicis. La chapelle qu'ils se sont fait bâtir à *San Lorenzo*, a coûté cinquante millions. Autour du fastueux mausolée, les quatre figures immortelles : l'*Aurore*, le *Jour*, le *Crépuscule*, la *Nuit*. Ce sont les heures du temps, — non pas celles parcourues dans le monde sidéral — mais les heures vécues par l'humanité. Dans l'aurore, son espoir viril ; puis l'action du jour, la lutte héroïque. Mais voilà que la lassitude s'annonce avec les défaillances du crépuscule. La nuit tombe... Ah ! ce n'est pas le repos... Ici, la nuit est sœur de la mort, et le pire, une mort où l'âme survit pour sentir son asservissement et sa honte. Plus encore que la honte, la chute aux profondes ténèbres,

avec le désir amer d'y rester à jamais enseveli :

> « Je veux dormir et veux être de marbre,
> Tant que durent l'opprobre et la calamité.
> ... Ne me réveillez pas, de grâce parlez bas. »

C'est la fin du beau et funèbre sonnet de
Michel-Ange faisant parler sa Nuit.

Le *Penseroso*, au sommet, couronne le
monument. Il est tout armé, mais sans épée
et d'autant plus touchant. Il est assis, mais
récemment, les jambes à peine posées. Les
yeux sont ouverts, les sourcils élevés aux
pures et nobles pensées. En cet état de l'âme,
l'homme est bien près de Dieu ; on est tenté
de fléchir le genou.

J'ai voulu voir aussi Saint-Marc où retentit
encore la grande voix de Savonarole. Ce
moine qui fut brûlé par des moines, vivait
dans le couvent qui tient à l'église. Tout ce
quartier est plein du tragique souvenir de sa
passion et de sa mort. C'est sur la place du
Palais que s'alluma le bûcher. Mais les

flammes ne voulurent pas toucher à son cœur, elles s'écartèrent.

Lorsqu'on ramassa les cendres pour les jeter dans l'Arno, ce cœur, qui avait tant aimé Florence, se retrouva entier dans la main d'un enfant.

*
* *

Comme art, j'aurai peu vu, cette fois, de la cité florentine. Le temps me pousse, les bibliothèques me réclament, et Rome est mon but. Passons au moins l'Arno et traversons le palais Pitti. A l'intérieur, riches décorations, tableaux admirables et tout exquis. Une chose me frappe. Bien que la maison soit laïque, la légende chrétienne domine partout dans les peintures. Ce qui surprend, c'est de la trouver uniforme d'expression chez un peuple où la pantomime est si vive, et le génie si varié !

*
* *

Un passage obscur pratiqué sous un vieux

pont [1] fait communiquer le palais avec le
musée national : les *Uffizi*. Avant d'y entrer,
arrêtons-nous, un instant, sur la place de la
Signoria qui est un autre musée en plein air.
Il suffirait à celui qui n'aurait que quelques
heures à donner ici, d'avoir vu *Santa-Maria*,
le tombeau des Médicis, et cette place ! c'est-
à-dire, un monde de merveilles réunies sur
un point imperceptible de l'espace ; — il
suffirait de cette vision, par un beau jour
comme celui-ci, pour emporter en soi l'âme
même de Florence et son éternel souvenir.

La galerie des Uffizi, que je suis aussi forcé
de voir rapidement, me semble, malgré son
renom, avoir accueilli bien des toiles médiocres. Ce qui m'a saisi dès l'entrée, c'est
le tableau d'un vieux maître de l'école italienne, du Pérugin : le *Verbe Enfant*, un
doigt sur la bouche, adoré de sa mère. Cette
toile me frappe d'autant plus, que l'intelligence du symbole est étouffée en Italie,

1. Le Ponte vecchio.

depuis Raphaël, par le sentiment de la grâce et de la beauté physiques. Si l'on en excepte la *Vierge à la Chaise*, où le divin bambino rêve à ce qu'il pensera, on peut dire que les Italiens n'ont pas donné l'Homme-Dieu, l'Enfant-Dieu, mais seulement l'idéal de l'enfant, l'idéal de la mère, de la vierge selon la nature. Michel-Ange surtout, n'y a rien compris. Titien est plus près de la tradition. Dans sa belle *Descente de Croix*, la Vierge est morte de douleur, mais elle *comprend*. Par contre, la figure du Christ, d'une haute idéalité, n'a pourtant rien de l'infini divin.

* *
* *

Cette après-midi, pour me délasser d'un travail d'érudition trop assidu, je suis rentré dans la nature et j'ai monté jusqu'à Fiesole. Florence vue de là, est une merveille. C'est une Florence en abrégé. Autour d'elle se noue la ceinture de ses collines onduleuses et charmantes, jusqu'au bas Arno et ses inondations. Au-dessus, se détachant sur le ciel bleu et planant sur le tout, Santa-Maria! toujours plus grande, plus sublime à mesure qu'on s'éloigne dans l'espace et aussi dans le temps.

Elle est pourtant déjà vieille de deux mille ans cette brillante cité florentine. Village étrusque au temps de Sylla, cent ans avant la venue du Christ, elle devint ville, par l'extermination de l'Étrurie, le bannissement de sa population sédentaire. Les laboureurs ayant été chassés au profit des vétérans, le dictateur fonda, pour eux, une véritable cité et la baptisa du nom mystérieux et sacerdotal de Rome : *Flora*. Elle devenait ainsi inviolable et la rivale de sa mère, la vénérable Fiesole, ville augurale par excellence. La nouvelle colonie formée par les légions, s'appela Florentia.

En face, sur l'autre rive de l'Arno, la tour de Galilée, et sa villa, toute petite dans cet océan de verdure. Petite et pourtant immense. C'est là que le ciel, dans une nuit divine, abaissant sa voûte à la portée du regard d'un homme, entr'ouvrit, pour la consolation de l'humanité, le mystère des mondes où elle va peut-être continuer son progrès.

Au-dessus, San Miniato où est le cimetière moderne. La superbe montée est fort longue de ce côté du fleuve. Florence, de moment en moment, se découvre ramassée sur trois points : La Signoria et sa tour ailée [1] ; la toute puissante coupole de Brunelleschi ; et la toute petite chapelle qui recèle, sous son petit dôme, l'âme de Michel-Ange, la *Mort de l'Italie*.

Autour de la ville, pour cadre immédiat, de gracieuses collines vêtues d'oliviers, de pins, de vignes grimpantes... Au loin, de jolies montées chargées de villas ; plus loin encore et plus haut, la vieille cité étrusque chaudement soleillée. Derrière, la grandeur humaine de l'Apennin.

Le cimetière de San Miniato n'est qu'un

---

1. La tour du Palazzo vecchio, jadis habitée par les chefs de la République florentine; c'est aujourd'hui l'Hôtel de Ville.

placage *riche* et maussade. Cela n'invite pas
à mourir.

On peut redescendre par *un autre chemin*
qui voit serpenter le beau fleuve. Pures
légères ondes, gaieté rapide, impatiente. Il
court cent milles et n'en a pas assez. L'Arno
coule à la mer, adossé au Tibre. Ainsi les
rivières vont deux à deux comme les âmes.

———

Me voici enfin sur la route de Rome.
J'ai quitté Florence par une merveilleuse
nuit d'été. Mille songes flottent dans la
brise assoupie. A une heure, nous traversons
Sienne. Je cours, par un escalier, pendant
qu'on relaye, vers ce que je crois être un lac,
et je me trouve au milieu d'une place toute
en marbre blanc, baignée de vapeurs lu-
mineuses qui me donnent une scène en-
chantée.

Il semble à celui qui ne sait pas l'histoire,
qu'on doive respirer ici une vie légère.....

7

Hélas! que de souvenirs cruels! Florence, la
dure, la soucieuse Florence du moyen âge,
aida Gênes à accabler ses deux rivales,
Sienne et Pise. Tout un peuple enlevé en un
jour pour la servitude. De ce jour aussi
commença, pour cette contrée fertile, une
transformation lente qui devait la changer
en désert. C'est la *maremme* toscane et son
haleine empoisonnée.

Une femme, Pia Tolomei de Sienne, victime des soupçons d'un mari jaloux, y fut
conduite pour y mourir. Du donjon où son
tyran la retenait captive, elle pouvait voir
monter, des marais empestés, les blanches
vapeurs qui lui portaient le poison. Elle le
but, perdit d'abord le don fatal, la beauté
qui lui coûtait la vie, puis devint une ombre,
et cette ombre elle-même, avant que l'année
ne fût révolue, s'évanouit.

Le grand poète toscan, Dante, qui n'ose,
comme Virgile, donner des larmes officielles
aux malheurs de sa patrie, nous les raconte
par cette fin tragique. Il la rencontre, l'infortunée, dans l'un des cercles de son *Pur-*

gatoire. Elle passe devant lui, image effacée de celle qui fut autrefois, et, de cette voix basse, très basse qu'ont les ombres, elle lui recommande d'emporter son souvenir dans le monde des vivants :

> « Quando tu sarai tornato al mondo,
> Ricordati di me che son la Pia.
> Sienna mi fe, disfecemi Maremma. »

Allusion voilée, discrète, au sort de Pise et de Sienne, abandonnées, elles aussi, aux ravages de la *malaria* et mourantes.

Leurs bourreaux purent comprendre.....

*
* *

Nous ne serons à Rome qu'au premier matin. Je traverse de nuit encore, la toute pittoresque Aquapendente, première ville des États pontificaux. Sur cette route âpre de l'Apennin, les volcans toujours actifs en dessous, sont cachés par les terrains superposés, comme les monuments anciens le sont par les constructions modernes. L'Italie, jusqu'à l'Ombrone [1], est mise en péril par les eaux; au delà, jusqu'à l'Etna, par les feux. Une commotion brusque, parfois vous avertit que l'ennemi est toujours là.

Nous longeons des forêts et l'admirable lac de Bolsena. Au-dessus de ses eaux argentées par les rayons obliques de la lune, voltigent, dansent, se poursuivent et se croisent, de nombreux essaims de lucioles. Ce n'est plus l'humble ver luisant de notre France du Nord qui, sous l'herbe, allume timidement sa petite lanterne pour guider sa compagne, lui dire qu'il est là. Sur cette terre de feu, le ver a pris des ailes, s'est fait mouche brillante et légère... Le printemps s'ouvre à peine, et déjà l'aventureuse a pris l'essor. Son vol hardi, saccadé, rapide, fait jaillir, au-dessus des eaux endormies, tout un feu d'artifice d'étincelles.

1. Rivière toscane qui se jette dans la Méditerranée près de Grossetto.

V

ROME — PREMIÈRES IMPRESSIONS

V

ROME — PREMIÈRES IMPRESSIONS

J'entre à Rome aux approches de Pâques, et je la trouve remplie d'étrangers, d'Anglais surtout. Ils sont ici chez eux, ils s'emparent de tout, ils sont partout, et sans le moindre respect du lieu et des souvenirs du passé.

Dans un tel encombrement, j'aurais eu bien de la peine à me loger, sans l'obligeance de mon compatriote Horace Vernet. En parcourant avec lui les quartiers les plus divers, j'ai trouvé mieux qu'un bon gîte, j'ai eu, sans l'avoir cherchée, une première et très forte impression de Rome.

La capitale du monde chrétien est assise, en reine, au centre de l'Italie, presque à égale distance de la mer et de l'Apennin. Son fleuve, large comme la Seine à l'Hôtel-Dieu, la divise en deux moitiés. Fleuve-torrent, profondément encaissé, qui roule des pierres et du sable dans les crues d'orage. C'est le Tibre.

La ville presque toute entière s'étend sur sa rive gauche, ce qui est le contraire de Paris. La vieille Rome a monté sur les collines. La ville moderne s'étend dans la plaine. Elle couvre le Champ de Mars réservé jadis aux exercices militaires, aux assemblées du peuple. Ce fut aussi, sous les Rois, un lieu de sépulture.

Le voyageur qui vient de France entre précisément dans Rome par la ville nouvelle, c'est-à-dire, la Porte du Nord et la Place du Peuple.

Si belle, si noble que soit cette entrée, il y a pourtant déception, Rome papale s'offre la première aux regards. La ville des morts, funèbre et tragique, est complètement masquée par toute l'épaisseur des quartiers neufs.

Pour la découvrir, reprenons ensemble, à l'autre extrémité de la Place du Peuple, cette rue qui se présente devant nous, large à peine pour deux voitures et qu'on nomme le Corso. C'est pourtant la principale artère de Rome. Elle descend à la place de Venise qui est à deux pas du Capitole.

De là, malgré la faible élévation de la montagne, nous verrons la Ville éternelle trôner sur ses sept collines. Toutes tournent le dos au Tibre, à l'Étrurie. Elles laissent à l'Orient, c'est-à-dire à leur droite, le pays des Sabins et regardent vers la mer, le Latium, la Grande Grèce.

Deux autres monts, le Janicule et le Vatican, sont derrière sur la rive droite du fleuve, du côté étrusque.

Rome ne les admit que plus tard dans son enceinte rigoureusement fermée par d'épaisses murailles.

Au pied du Capitole, s'étend une place laissée à l'abandon et bosselée sur toute sa

7.

surface, par les saillies des plus anciens monuments de Rome. Engloutis sous terre, ils
semblent vouloir sortir, d'eux-mêmes, des
profondeurs du sol. Cette place, c'est le *Forum romanum*, c'est-à-dire, tous les temps
de Rome concentrés sur un point imperceptible de l'espace.

Plus loin, la basilique de Constantin avec
ses voûtes énormes. La voûte était inconnue
aux Grecs.

Je sens déjà la justesse du mot de Gœthe:
« Ailleurs, l'histoire se lit du dehors au dedans; ici, du dedans au dehors. »

En face de la basilique, l'Arc de Titus qui
ouvre la Voie sacrée.

Au bout, la masse énorme du Colisée. J'y
cours.

Les palais florentins, les murailles cyclopéennes de Fiesole, ont familiarisé mes yeux
aux proportions grandioses des monuments
de l'antiquité, et pourtant, je reste saisi. De
toutes parts des ruines...

Ainsi rongé par le temps, dégradé par la
main sacrilège des hommes ; ainsi percé à

jour, crevé, éventré, mutilé, le colosse se
dresse plus puissant peut-être, que s'il fut
resté entier. En lui, se concentrent tous les
genres de beautés. C'est ici que le christianisme naît et s'affirme au milieu des persé-
cutions ; ici, que la force impériale échoue
contre la force morale.

Une croix de bois noir est resté plantée
au milieu de l'arène. C'est cette croix qui a
vaincu le monde. Je l'aurais baisée de bon
cœur. Mais les *Indulgences!...*

*
* *

Il est de la destinée des plus grandes
choses d'être petites à leur origine. Celle qui
devait être la maîtresse du monde, ne fut à
sa naissance, qu'une bourgade marécageuse,
un asile de brigands descendus de la montagne. La bourgade, élevée à la dignité de
ville, tint longtemps à l'aise sur une seule
des sept collines : le Palatin dont la surface
couvrirait à peine la moitié de notre Champ
de Mars.

Le Palatin, le Capitole en face, le Forum à leur pied, voilà le berceau de Rome. Les cinq autres monts, alors inhabités, faisaient cercle autour, comme pour lui rendre hommage.

L'un de ces monts, l'Aventin, se dressa de bonne heure en ennemi, en face du fier Palatin. Il le presse et le menace. C'est la montagne plébéienne, comme le Palatin est la montagne patricienne.

Rome tint longtemps hors de son enceinte le mont détesté qui était pour elle un lieu de présages funestes. Le roi Aventius y avait été frappé de la foudre. Mais les orages dont parle Virgile n'éclataient pas seulement au ciel, ce furent, le plus souvent, des orages politiques.

Ainsi, toute l'histoire des premiers âges de Rome se concentre sur trois monts : l'Aventin, c'est le Peuple ; le Palatin, l'Aristocratie ; le Capitole, les Dieux. Rome, la vraie Rome, est comprise entre Saint-Pierre, qui finit la ville des vivants, et le Colisée qui ouvre la ville des morts.

Je lui donne ma première soirée. La lune décroissante ne l'éclaire que faiblement. Surviennent trois jeunes abbés fort gais. Ils regardent, plaisantent, rient et s'en vont. Chez eux, évidemment, rien ne s'est éveillé des souvenirs du passé.

J'ai, du reste, déjà remarqué que le prêtre italien est dans la vie comme les autres hommes. Il va au café, au théâtre, il fume, monte à cheval, etc. La robe seule le distingue.

Après le départ de ces jeunes étourdis, seul maître du lieu, j'erre à travers les ruines, je contemple cette vision terrifiante, j'écoute le silence... Ce qui reste dans l'ombre, plein de mystère, m'attire surtout, et me retient.

L'empereur Vespasien, riche des dépouilles des Juifs, commença le Colisée avec les dix mille hommes qu'il ramenait captifs de Jérusalem. Son fils Titus l'acheva.

Autour de ce monument de meurtre, on voit encore quelques chapelles en ruines, dernier vestige d'un Chemin de la Croix dont le pape Benoît XIV eut l'ingénieuse idée. En consacrant le Colisée au culte, il espérait le rendre désormais inviolable. Bien tard! trop tard même! L'œuvre de destruction était déjà consommée.

Les murs sont restés, en grande partie, debout, mais à l'intérieur, les gradins de marbre qui montaient aux galeries et tant d'autres matériaux précieux ont été arrachés; le dur ciment lui-même, partout mis à nu, a cédé avec le temps, et les pierres qu'il reliait entre elles, aujourd'hui disjointes, se détachent, tombent dans l'enceinte de l'arène et l'encombrent. Du fonds ténébreux des loges croulantes, sort par moment, un bruit suspect, sinistre.

A l'extérieur, la nature sourit. Sous la brise du soir, au faîte des hautes murailles, de grands arbres se balancent. Plus bas, c'est une forêt de broussailles après laquelle s'élancent des chèvres aventureuses, tandis que le chevrier, insensible à la beauté solennelle de l'heure et du lieu, dort paisiblement, à quelques pas de là, sur le gazon.

Voici, je le sens déjà, mon lieu de prédilection. Saint-Pierre, la ville moderne, dans leur magnificence ou leur gaieté, m'attristeraient plutôt. La gaieté n'est pas d'ailleurs ce que je suis venu chercher à Rome.

Comme le Tasse, je dirais volontiers : « Ce que je cherche en toi, ce ne sont ni tes colonnes, ni tes arcs de triomphe, ni tes thermes, mais le sang répandu pour le Christ, et les os des martyrs [1] dispersés sur cette terre maintenant consacrée. »

*
*   *

Tout près du Colisée, les Thermes de Titus, vastes et sombres, bâtis sur les jardins de Néron. Ici, je retrouve encore la main de la France. Ce sont nos Français qui, en 1812, ont déblayé tout cela.

Cette fois, j'ai baisé la croix du Colisée!

1. Le Tasse voulut y ajouter les siens. Il est mort à Rome, au monastère Onofrio, où il s'était retiré.

VI

COMMENT IL FAUT VOIR ROME

VI

COMMENT IL FAUT VOIR ROME

Il serait plus sage, lorsqu'on n'a que peu de temps à donner à Rome, de s'en tenir à la forte impression du premier regard. On emporterait bien plus sûrement en soi le génie du lieu. A vouloir tout analyser à la hâte, on risque de s'éblouir, de prendre le vertige, et de perdre le sens de l'ensemble. On dissèque, et l'esprit s'envole.

Celui qui tient à garder un souvenir profond, ineffaçable de la Ville éternelle, doit la voir d'abord rapidement et dans son unité. Pour creuser davantage et mieux saisir le sens du passé enseveli sous les alluvions des siècles, il faudra revenir sans doute, mais plus tard.

Ce que nous savons déjà de Rome, c'est qu'elle est un mélange de toutes les races, de tous les âges, de tous les lieux. On y foule la poussière de cent nations.

Parfois, aux nombreux obélisques qui la décorent, aux Catacombes, aux hypogées répandues tout autour de son enceinte, vous pourriez vous croire dans une ville égyptienne. Mais au détour d'une rue, voici qu'un autre peuple réclame. Cette muraille prodigieuse qui enferma la ville des Rois, dont on montre encore aux étrangers un vénérable débris; — et cet égout colossal dont la triple voûte porte Rome depuis deux mille ans ; peuple étrusque, je reconnais là tes œuvres ! Le monde a changé plusieurs fois de face, seule, cette voûte est restée immuable.

Que la légende l'attribue à un Tullius, un Tarquin, l'histoire, plus juste, restituera ce monument éternel à la race infortunée des Pélasges, sœur aînée de la race hellénique.

Venue d'Asie Mineure, elle apporta aux Étrusques, dont nous avons déjà constaté le génie essentiellement pratique, ses arts et ses dieux.

D'autres voies cachées dont la trace est aujourd'hui perdue, mais également indestructibles, apportent toutes à cette *Cloaca Maxima*, leur tribut.

Lorsque les eaux du fleuve sont basses, on peut la voir de sa rive droite, l'immense voûte sous laquelle des chars triomphants circuleraient à l'aise. A ces moments, elle vous semblerait devenue inutile. Qu'il survienne un orage, vous verriez la formidable gueule vomir en grondant, par-dessus le fleuve jaune [1], un second fleuve de noire fange.

*
* *

Ce soir, après une longue journée de travail dans la bibliothèque du Vatican où j'ai pu pénétrer, grâce à l'intervention toute-

---

1. Cette couleur du Tibre tient à ce qu'il charrie du sable.

puissante de son conservateur, le cardinal
May[1], j'ai voulu me rafraîchir l'esprit, en allant voir le savant abbé Scarpellini qui n'est
occupé que de sciences naturelles. Il est précisément logé au Capitole, dans le palais du
Sénateur[2]. Ce palais relativement moderne
occupe le lieu même où l'on déposait les
décrets du Sénat et ces lois qui, pour la plupart, régissent encore le monde. Vespasien
avait réuni là jusqu'à trois mille tables de
bronze.

A droite et à gauche du Palais, sont les
deux musées qui concentrent toutes les reliques de l'antique cité. Là, vous trouveriez

1. C'est ce même cardinal May que Stendhal traite si
durement, parce qu'il lui refusa la communication de je ne
sais quel manuscrit. Pour Michelet, au contraire, il fut
l'obligeance même, faisant passer sous ses yeux les raretés
secrètes de la Vaticane. Il est vrai que l'infatigable assiduité
du jeune Français lui avait valu toute l'admiration du prélat
accoutumé à un doux *farniente*. Cette assiduité l'effrayait
même : « *Signore ! signore !* s'écriait Son Eminence, *non é
cosa buona di lavorare tanto... Domani sarete amalatto.* »
« Il m'invitait à venir prendre quelque repos dans sa chambre,
« où il pourrait m'offrir certain petit vin blanc tout à fait
« réparateur. »

2. Ici, le nom de *Sénateur* désigne le premier magistrat
municipal de Rome.

réunies en pierres, en marbre, en bronze,
les vénérables archives du peuple romain.
Ce qui ajoute à leur intérêt, c'est que ces
deux musées ont été bâtis sur l'emplacement
des deux plus anciens monuments de Rome :
le Temple et la Citadelle. La montagne ayant
deux sommets, l'un à l'est, l'autre à l'ouest,
à l'Occident s'éleva la demeure des hommes,
à l'Orient celle des dieux.

Sur le revers méridional du mont : la
Roche tarpéienne, d'où l'on précipitait les criminels condamnés à mort. Avec le temps,
tout se transforme. Vous chercheriez vaine-
ment, aujourd'hui, la paroi verticale tombant
à pic à l'abîme.

Par suite d'une accumulation de terres et
de débris de toutes sortes que les siècles ont
jetés là, le ravin s'est changé en une pente
doucement inclinée. Ce lieu d'effroi, dans l'antiquité, est maintenant habité par des blan-
chisseuses et de paisibles jardiniers.

Portons plutôt nos regards devant nous.
De la Tour dont la cloche funèbre ne tinte

jamais que pour deux morts : le Carnaval qu'on enterre, et le Pape expiré ; de cette tour où je plane, j'embrasse une seconde fois Rome entière, dans l'espace et dans le temps. Unité dramatique frappante. Cette unité n'est pas dans les sept montagnes qui font cercle autour de son berceau, mais dans ses trois monuments : au centre, le Panthéon d'Agrippa, austère, imposant, sous sa forme symbolique ; — aux deux extrémités de la ville, le Colisée, Saint-Pierre.

Ces trois monuments marquent trois âges de la foi.

Le Panthéon : l'ancien culte, les anciens dieux du paganisme, maîtres de la Cité.

Le Colisée : la lutte des deux religions, l'une à son aube, l'autre à son déclin.

Saint-Pierre : le Christianisme devenu catholicisme, et prenant sa dernière forme temporelle, celle d'une monarchie qui fait servir les arts au profit du culte.

Saint-Pierre a conquis Rome du Colisée au Vatican.

Le Capitole où je suis, et l'Aventin en face, marquent la dualité politique. Ils ont été, à la fois, acteurs et témoins de la lutte morale qui a tenu une si grande place dans la vie de Rome.

Ainsi, j'ai devant moi un monde complet.

Saisi d'un tel spectacle, involontairement je m'écrie : « Monsieur, ceci est le lieu le plus *saint* du monde! »

L'abbé convient de sa salubrité...

A dire vrai, les Romains me semblent tous blasés sur leurs monuments. Dilettanti superficiels ou tout à fait ignorants du passé, ils ne soupçonnent pas qu'un esprit de vie erre toujours sur ces ruines, tombeaux de peuples et de religions.

Je voudrais que des écrivains de valeur, ayant le savoir et le culte de ce passé, fissent, tous les dix ans, un nouveau livre sur Rome. Il servirait à réveiller, chez les Romains, le goût de l'histoire et le respect des ruines qui la racontent. Ces biographies successives, auraient encore un grand intérêt au point

8

de vue de l'art, du pittoresque ; car il en est
de Rome comme de l'amour, chacun la voit,
la sent, la décrit à sa manière.

Avant que la nuit ne se ferme, nous des-
cendrons du Capitole dans le Forum. A la
naissance de Rome, ce n'était qu'un marais
profond. Toutes ces collines convergentes,
le Palatin, le Quirinal, le Viminal, l'Esquilin,
retenaient à leur pied les eaux qui ruis-
selaient en grandes ondes, de toutes leurs
pentes, dans les lourdes pluies d'orage, si
fréquentes en ce pays. Le marais a disparu,
grâce à la *Cloaca maxima* qui l'a fait écouler
tout entier au Tibre, par ses voies souterraines.

Il en reste pourtant un souvenir : le quartier fangeux de la *Suburra*. Dans l'antiquité,
ce quartier de Rome n'était habité que par
les pauvres. Mais les Grands qui avaient souvent intérêt à flatter la plèbe inquiète, tur-
bulente, descendaient volontiers de leur montagne du Palatin et se faisaient peuple. Ainsi
fit César.

Demain nous poursuivrons nos pérégrinations. Ce soir, je voudrais vous donner une idée du site de Rome qui, en bien des sens, est analogue à celui de Paris. Ces deux capitales du monde, si loin l'une de l'autre, ont entre elles de nombreux points de ressemblance.

Notre vieille Lutèce née, elle aussi, au milieu des eaux [1], a vu, comme la Ville éternelle, un noble amphithéâtre de collines entourer son berceau.

Sur la rive droite, le Père-Lachaise, Ménilmontant, Montmartre ; au delà, le Mont-Valérien ; plus près, les hauteurs de Passy.

Sur la rive gauche, la montagne Sainte-Geneviève. Celle-ci répond à la montagne du Vatican. Notre Panthéon a reproduit Saint-Pierre. Ces deux églises ont été bâties à peu près sur le même plan. La principale différence, c'est que Saint-Pierre est au bas du mont et le Panthéon au sommet.

1. Le vieux Paris a d'abord tenu dans l'île Saint-Louis.

Le Luxembourg, le faubourg Saint-Germain, répondent au Janicule.

Sur la rive droite de la Seine, — ce serait la rive gauche du Tibre, — la Butte Montmartre et son faubourg ont pour analogues, à Rome, l'Esquilin et le Viminal.

La montée du boulevard Bonne-Nouvelle répond au Quirinal ; le Père-Lachaise au Pincio, promenade de la Rome moderne fort en vogue. Elle s'étend sur l'emplacement des Jardins de Salluste.

La Place du Peuple qui est au bas, serait notre Barrière du Trône.

Maintenant, prolongez la rue Saint-Antoine de la Bastille aux Tuileries, vous aurez la rue du Corso qui nous introduit dans la ville des Césars.

Nous pourrions continuer le tableau de ces analogies. Elles seraient frappantes si les proportions étaient les mêmes. Mais la vallée de la Seine est beaucoup plus large que celle du Tibre. Paris a de plus l'avantage de voir couler son fleuve. Dans sa fuite, il reste toujours visible pour le plaisir des yeux ; ses larges quais qui se déroulent sur ses deux rives, semblent couler avec lui.

Ils sont, au cœur même de Paris, en vue de ses monuments, une promenade admirable, unique au monde. Rien à comparer ailleurs.

Le Tibre n'a de quai que d'un seul côté, et, son lit étroit s'enfonce si profondément, qu'il faut, le plus souvent, être sur l'un des ponts qui le traversent, pour savoir qu'il existe.

Paris est aussi plus beau que Rome comme forme générale, comme mouvement. Vu des ponts, c'est une ville en marche. L'île Saint-Louis est un vaisseau; il pointe de sa proue vers la mer, vers l'infini.

Pour me résumer, Paris est la ville de l'avenir, Rome la ville du passsé. Telle qu'elle est aujourd'hui, elle nous représente quelque chose du Paris fortifié de Philippe-Auguste [1].

---

[1]. Il faut toujours se rappeler que ceci a été écrit en 1830. Rome devenue capitale, et le siège du gouvernement, change à vue d'œil, pour son malheur, au point de vue de l'art.

VII

ROME SOUTERRAINE

GLADIATEURS ET CHRÉTIENS AU COLISÉE

VII

ROME SOUTERRAINE

GLADIATEURS ET CHRÉTIENS AU COLISÉE.

La Rome que nous voyons, qui nous arrache, comme à Montaigne, un cri d'admiration, n'est pourtant rien, comparée à celle que nous ne voyons pas. C'est la Rome qui gît à vingt, à trente pieds, qu'il faudrait exhumer[1]. Goëthe a dit de la mer : « Plus on avance et plus elle est profonde. » Il en est de même de Rome. Le dessous vaut mieux que le dessus. Nous n'avons que le moindre.

Roma Subterranea, c'est son vrai nom.

1. En 1830, les fouilles n'étaient pas encore commencées.

Sous la Rome papale, la féodale; sous celle-ci, la chrétienne; dessous, l'impériale. Plus bas, la République. Ne vous arrêtez pas, creusez encore. Au plus profond, vous trouverez la tête sanglante sur laquelle monta le Capitole. La base de Rome est un tombeau. Cette tête saignante et toujours vivante, avait prédit que la cité de Romulus serait, un jour, la maîtresse du monde. — Prédiction réalisée.

Rome, en effet, est bien plus que le résultat de l'Italie entière qui vint se perdre dans son sein; elle fut le nœud du monde. Elle règne par la force au temps de la force, par l'esprit, au temps de l'esprit. Mère des civilisations, en elle la religion a péri, ressuscité.

Le christianisme né sous le règne de Tibère, persécuté pour la première fois sous Néron, sortira triomphant, — sous Constantin, — de la poudre sanglante du Colisée.

L'arène où s'accompliront de telles destinées n'est guère plus grande que notre place Vendôme.

Ainsi, plusieurs villes gisent sous nos pieds, et je ne sais combien de monuments qui feront l'éternelle admiration du monde.

D'où vint cette accumulation?... Le Romain est né bâtisseur. Ses voies, ses ponts, ses acqueducs, ses arcs, ses thermes, couvrent l'empire des Césars. Et pourtant ce peuple, qui a tant produit, n'eut jamais le génie de l'exécution. Au milieu des splendeurs et du luxe dont il s'entoure, dès la fin de la République, ce peuple guerrier reste un barbare. Mais ce barbare, plein de sève et de vigueur, attire et grandit tout.

Il attire d'abord les Étrusques dont nous avons déjà contemplé les prodigieux travaux. Il attire ensuite l'Orient tout entier. Nous avons reconnu l'Égypte à ses colonnes de granit, de porphyre, à ses hypogées. Autour du Forum et sur les collines où tant de monuments ont été bâtis avec les débris des édifices plus anciens, là, aux colonnes légères des basiliques, aux frises des temples, nous retrouverons la main de la Grèce. Ce monde oriental que Rome croyait avoir asservi par la conquête, ces Grecs qu'elle ramenait esclaves, c'étaient ses maîtres. Artistes par excellence, peintres, sculpteurs, ils allaient changer la face de Rome.

*   *
*

La République, jusqu'aux Scipions, ne songea guère qu'aux édifices d'utilité publique. Point de palais, et les maisons petites et étroites afin de tenir moins de place. Telles furent celles des orateurs illustres : Les Gracques, Antoine, Crassus, Claudius, Catilina, Cicéron et tant d'autres.

La montagne du Capitole restant la demeure des dieux et des guerriers, ils prirent pour eux le Palatin qui touchait au Forum, mais sans ostentation de luxe. Ceux qui parlaient au peuple le prêchaient aussi par l'exemple d'une vie modeste.

Avec la dictature qui finissait la République et commençait l'Empire, le luxe s'introduisit dans Rome. La maison ne fut pourtant qu'élégante sous Auguste. Elle de-

vint fastueuse sous Tibère et Caligula. Celle
de Néron : *Domus aurea Neronis*, était une
ville. Elle couvrit d'abord le Palatin, puis
elle traversa le Forum et s'étendit de l'autre
côté du fleuve, par ses jardins, ses étangs,
jusqu'aux thermes étrusques.

Lourdes constructions de briques, sombres
demeures, malgré les arabesques légères, le
mouvement ailé des oiseaux qui en ornent les
voûtes. Ces palais des Césars, — on ne peut
voir celui de Néron qu'aux flambeaux, —
vous donnent toujours l'impression pénible
d'antres de bêtes fauves. Des plantes épi-
neuses, d'un vert douteux, envahissent aujourd'hui la demeure du tyran.

Elles sont le refuge des vipères et des
renards. Ceux-ci, la nuit, descendent par
troupes au vélabre et vont boire à la fontaine
de Curtius.

*   *
*

Toutes les prodigalités des dictateurs et
des Caligula, des Néron, ne faisaient pas le
bonheur du peuple ; elles ajoutaient à ses

charges. Pour lui faire oublier, le distraire, on imagina, aux temps où la guerre faisait trève, de lui en garder les émotions, en inaugurant des combats de bêtes féroces. On les ramenait par grandes troupes, à la suite des vaincus, des captifs. De l'Afrique, les lions; de l'Asie, les tigres, les panthères; de l'Egypte, les somnolents crocodiles tirés des chaudes boues du Nil. Pompée, qui avait ramené des éléphants, eut l'idée de les mettre aux prises. Mais leurs cris plaintifs et presque humains, touchèrent tellement la foule, qu'elle maudit son maître de lui avoir fait connaître la pitié....

C'était pourtant un peuple dur et cruel, bien difficile à émouvoir. Quand il fut rassasié de la tuerie des bêtes et qu'il s'éloigna du cirque, il fallut bien, pour l'y ramener, chercher d'autres combattants. L'homme, alors, entra dans l'arène. Dès la seconde guerre punique, les combats de gladiateurs deviennent fréquents.

Le doux Titus inaugura le Colisée, par l'égorgement de neuf mille bêtes. Trajan,

vainqueur des Daces, pourvut Rome pour
cent vingt-trois jours. Cette fois les hommes
furent appelés à combattre. L'acharnement
de la lutte était stimulé par la haine. Non
seulement on prenait les gladiateurs parmi
les races où le développement physique était
prodigieux, mais on avait bien soin d'appa-
reiller deux races différentes.

Ainsi, on opposait un Thrace à un Gaulois.

*
*   *

Il y avait au Colisée deux portes que la
foule ne franchissait jamais. Ces portes
étaient réservées aux combattants. Par l'une
entrait la chair vivante, par l'autre sortait
la chair morte.

On ne peut que bien difficilement se repré-
senter, aujourd'hui, un pareil spectacle. En
haut, le *velarium*, voile immense, de mille
couleurs, qu'on étendait sur la tête des assis-
tants pour les préserver le l'ardeur meurtrière des rayons du soleil. En bas, sur le
devant de l'arène, le *podium*, estrade réser-

vée à l'empereur, aux magistrats, aux vestales. Elles aussi enviaient le plaisir farouche
de voir de plus près l'homme et la bête aux
prises, d'entendre craquer les os sous la
dent des fauves, et les entrailles sanglantes
des victimes traîner dans la poussière...

Au-dessus du podium étaient rangées les
chaises d'ivoire pour les sénateurs. La robe
bordée de pourpre des magistrats, — la
prétexte, — mêlée à la blanche tunique des
vestales; les robes magnifiques du Peuple-
Roi répandu dans les galeries, étageaient
tout autour du Colisée, comme un parterre
des plus riches fleurs.

Joignez à cette féerie des couleurs, tout
ce qui peut agir sur les nerfs d'une foule
déjà surexcitée : les parfums jetés du haut
de l'amphithéâtre, et par éclats, une musique
guerrière, ou lugubrement funèbre : l'une
saluant l'entrée, dans le Colisée, de la chair
vivante, l'autre, donnant l'adieu à la chair
morte.

Dans l'arène, avant le commencement du
spectacle, rien que le vide, d'effet sinistre.

Tout à coup, l'apparition des premières victimes : Gladiateurs pour les combats et Chrétiens jetés aux bêtes.

D'autres bientôt succédaient... Et c'était,
à la fin, comme dans une bataille où tout se
mêle, l'horrible et le sublime... Vous eussiez
entendu, au même moment, les râles des
agonisants qu'on emportait de l'arène, et les
cris de joie des néophytes, amoureux de la
mort, et courant d'eux-mêmes au-devant du
supplice.

En contraste avec cette *sainte folie de la
croix*, l'impassibilité silencieuse des Gladiateurs. Que font-ils ? Ils jouent le jeu de la
mort ; ils enseignent à leurs maîtres à mourir : aux Empereurs si près du poignard ou
du poison ; aux Sénateurs si près d'être condamnés par l'Empereur.

Voilà la dignité solennelle du spectacle.

Vous connaissez le mot adressé à Claude,
par le gladiateur mourant : *Ave Cesar, Gla-
diatores morituri te salutant* [1]. L'Empereur

---

1. Ceux qui vont mourir te saluent, César.

avec bonhomie répondait : *Avete et vos* [1].

Ainsi, ces combats à mort dont aucun de nous ne pourrait aujourd'hui supporter la vue, étaient le divertissement quotidien de ces âmes de bronze. Rome tout entière était là. Le Colisée pouvait contenir quatre-vingt mille personnes assises. Il y en avait vingt mille qui se tenaient debout sur la terrasse supérieure. C'était pour celles-ci surtout, qu'on étendait le velarium. L'empereur en faisait lever parfois un coin pour envoyer subitement, sur un groupe de spectateurs, un éblouissant rayon de lumière. Espièglerie impériale, au milieu des rugissements des lions et des cris de douleur des victimes!

A deux pas de ce monument de mort, s'élève l'arc de Constantin : « Le fondateur de la paix », comme disent les chrétiens. Converti à la religion nouvelle, il fit cesser les supplices. Mais celui qui défendait au maître

---

1. A vous aussi, salut.

de jeter son esclave aux bêtes, de le faire déchirer d'ongles de fer, de le brûler vif, lui permettait de le faire flageller à mort.

Il suffit, du reste, de voir cet arc de triomphe fait avec les débris des monuments païens, pour juger que le repos donné à l'Empire aurait peu de durée.

VIII

A TRAVERS LES RUINES

VIII

A TRAVERS LES RUINES

Par l'arc de Titus, nous entrerons dans la *Voie sacrée* que suivait le vainqueur se rendant au Capitole. Derrière son char marchaient enchaînés, les vaincus qu'il ramenait captifs et qu'il tenait à montrer au peuple.

Combien de nations asservies ont passé par là!... Rome envoyait ses légions indociles mourir au loin; elle recevait en retour, dans son sein, des milliers d'esclaves.

Et, sous les insultes de la populace, combien de rois ont suivi la voie douloureuse,

depuis l'infortuné Persée [1] en habits de deuil,
suivi de ses alliés les rois de Thrace et d'Illyrie, jusqu'à la reine d'Égypte, Cléopâtre!...
César n'ayant pu la saisir vivante, voulut que
sa statue ornât, du moins, son triomphe.

Les captifs ne montaient pas avec le vainqueur au Capitole, on les détachait au bas
de la colline pour les jeter dans la prison
Mamertine réservée aux grands criminels.
Là, mourut d'insomnie Persée; de faim,
l'indomptable roi des Numides, trahi, non
vaincu, Jugurtha. Là, fut descendu ce géant
dont la tête dépassait les trophées de Marius :
Teutobocus, roi des Teutons. Là, périrent
encore, et le Vercingétorix ramené par César du fond des Gaules, et les complices
de Catilina, et Séjan, étranglé par les ordres
de Tibère...

Tout près de la prison siégeaient les musiciens. L'organisateur de ces fêtes, le dur
Romain, par un raffinement de cruauté, con-
damnait les vaincus à entendre, du fond

1. Roi de Macédoine.

ténébreux de leur cachot, les fanfares et les cris de réjouissance qui célébraient le triomphateur.

Nous laisserons celui-ci monter, avec la foule, au temple de Jupiter pour rendre grâce au dieu de sa victoire. Nous détournant un peu à droite, nous visiterons, de nouveau, le Forum. Ce lieu qui concentra pendant tant de siècles la pensée de Rome ; où ce sont fait entendre tous les orateurs illustres de l'antiquité ; — cette place grande comme le monde par la puissance des souvenirs, — comme espace, est moins étendue que notre jardin des Tuileries.

Elle resta dans sa noble nudité tant que dura la République. Sous la dictature qui doit mener Rome à l'Empire, elle commence à se couvrir d'édifices. Lorsque l'Empire s'écroule, ce n'est plus qu'un entassement titanique : Temples sur temples, Basiliques sur basiliques, Arcs de triomphe, Colonnes, Thermes et longs portiques.

*
* *

Les barbares qui vinrent, au IVe siècle, prendre possession de l'Empire, méprisant la beauté des monuments romains, leur firent subir de nombreux outrages. Le Forum avait donc beaucoup perdu de sa beauté antique lorsque l'avalanche des hommes du Nord, poussée par Robert Guiscard, fondit farouche et avide sur le centre de l'Italie, sur Rome. Ces envahisseurs, armés cette fois, ne songeaient qu'à venger leurs aïeux. Tout fut donc saccagé, pillé, incendié. Le Forum, en particulier, ne présenta plus qu'un monceau de ruines.

Bientôt les Romains ajoutèrent eux-mêmes à la profanation. Loin de chercher à réparer les mutilations faites par les barbares, ils se hâtèrent de les dérober à la vue, en portant là toutes les immondices de la ville. Lorsqu'elles eurent monté assez haut pour effacer tout ce qui était resté debout des monuments de la vieille Rome, et que la place fut redevenue plane, ils y établirent leur marché aux bœufs. Dès lors, le *Forum romanum* perdit même son nom. Il ne s'appela plus que le *Campo vac-cino*.

⁎ ⁎

Le fléau de l'invasion normande datait du XIe siècle. Au XIVe et au XVe, ce fut pour Rome un autre malheur.

Les riches seigneurs, profitant d'une ère de paix, se mirent à bâtir ces palais d'une farouche grandeur, que l'on voit encore debout, — forteresses pour la défense, bien plus que des demeures d'agrément. Pour en orner les façades, les cours intérieures, ils s'attaquèrent aux monuments anciens que les barbares avaient épargnés.

Ces barons qui avaient fait du Colisée, au moyen âge, une citadelle, — au XIVe siècle, pour avoir chacun la leur, — se mirent à le détruire. Ils commencèrent par lui arracher ses revêtements de marbre. Les pierres eurent aussi leur tour. Papes, neveux de papes, princes et barons, s'accordèrent pour exploiter le monument comme une carrière. Cha-

cun mordit sur le colosse. Michel-Ange qui
venait là chercher son inspiration lorsqu'il
bâtissait Saint-Pierre, — Michel-Ange se
rendit coupable, comme les autres, de cette
profanation. Le palais Barberini fut bâti par
lui avec les pierres du Colisée.

Que d'autres admirent ces pastiches des
palais césariens, moi je m'en détourne et je
les hais. Ceux qui les imitent de plus près,
attestent d'autant plus le sacrilège attentat
de ces fils impies, contre leur vénérable
mère l'antiquité.

Lorsque ces démolisseurs n'eurent plus
rien à prendre au Colisée, ils s'attaquèrent
aux Basiliques, aux Temples, aux Thermes.

Les tombeaux même ne furent pas res-
pectés. On vit une riche famille de Rome,
les Gaëtani, qui avaient à parer leur villa,
s'emparer, sans façon, des colonnes qui sou-
tenaient la coupole du mausolée de Cœcilia
Metella. Après avoir décapité la tour, ils
s'amusèrent à la denteler en crénaux. Le
tombeau d'une femme devint un fort. Le
pape Boniface VIII, en querelle avec les ba-

rons romains, et se sentant menacé, l'entoura, à son tour, de fortifications.

Mais le moment néfaste, entre tous, dans l'histoire de Rome, c'est celui où elle perd tout souvenir de sa grandeur passée, et sans raison, jette elle-même ses cendres au vent. Arrière le vieux!... Malgré des lois terribles, on la voit, non seulement se démolir, mais vendre à l'enchère ses monuments, ses ossements, sa terre même [1]. Ce qu'a dédaigné sa convoitise, elle le livre aux étrangers. Ils emportent les colonnes, les statues. Celles qui sont mutilées serviront à faire de la chaux, du salpêtre. Ceci est vrai, à la lettre, pour la villa Adriani qui réunissait des imitations de toutes les architectures, de toutes les sculptures du monde. Les vaisseaux se chargeaient aussi, parfois, comme lest, de ces débris précieux.

Mais il en restait toujours. Rome avait tant bâti! Alors, on la vit renouveler ce qu'elle avait fait pour le Forum. Elle jeta

1. La Pouzolanne.

par-dessus tout ce qui la gênait, par exemple,
les montagnes de terre tirées des tranchées
profondes où étaient descendues les fondations de ses monstrueux palais.

C'est ainsi que des temples, des arcs-de-
triomphe, des obélisques qui faisaient l'ornement de Rome, sont également descendus sous terre, et si profondément, qu'on
n'en voit plus que le faîte. Rome moderne,
fille ingrate, de ses propres mains, volon-
tairement, les a ensevelis.

Les découvertes que fera l'avenir seront
d'autant plus nombreuses, que chaque César,
revenant chargé du butin de la conquête,
voulut avoir à lui son Forum, ses Thermes,
sa Basilique, son Arc, sa Colonne, et parfois
même son Temple, car les hommes, alors,
se faisaient dieux.

La place manquant sur le Palatin, il avait
bien fallu empiéter sur les autres collines
restées jusque-là inoccupées, solitaires. Néron avait donné le premier l'exemple de ces
empiètements. Il avait mis son Palais sur le
Palatin, son Cirque sur le Vatican, son Forum

au pied du Viminal et de l'Esquilin, dans la
Suburra.

Chaque colline eut son tour de faveur et de
disgrâce. Le centre de Rome se trouva ainsi
plusieurs fois déplacé. Delà, la répétition
des mêmes monuments. — Ajoutez que les
Patriciens enrichis à l'égal des Césars, par
les dépouilles des vaincus, et les misères
même de l'Italie, durent, eux aussi, de leur
côté, imitant les Caligula, les Néron, les Commode, les Caracalla, se mettre à bâtir. Qua-
lifiés du titre pompeux de Rois (rex) par leurs
esclaves et les affranchis dont l'intérêt était
de les flatter, ces patriciens qui, sous la tyrannie d'un maître, ne gardaient pas moins
une grande partie du pouvoir, vivaient, en
effet, en rois. Lorsque par l'avènement d'un
nouvel Empereur, — la succession en était
rapide, — leur tour venait d'entrer dans la
faveur, ils cherchaient par tous les moyens
possibles à surpasser, en magnificence, leurs
rivaux dépossédés.

La destinée des édifices était de durer
davantage. Pour assurer leur inviolabilité,

ceux qui les bâtissaient se hâtaient de les
vouer à quelque divinité puissante : Minerve,
Junon, Jupiter, Mars, Mercure même. Ainsi
gardé par sa déesse ou par son dieu, le
monument devenait autant que lui immortel.

On parle toujours de la *via sacra* comme
d'un point unique. Mais tout, à Rome, n'était-
il pas également sacré?....

IX

POURQUOI ROME EST MORTE

IX

POURQUOI ROME EST MORTE

Je ne sais pourquoi l'on dit de Pise seule : *Pisa morta*. Rome l'est bien davantage. La moitié de la ville est un jardin abandonné. Les vignes siègent au Capitole à la place des sénateurs. Le désert commence dans Rome.

Je l'ai traversé, ce matin, du Nord au Sud, avec le plus obligeant des cicérones [1]. En quelques heures, un monde !

1. Le Journal porte cette mention : Trois hommes, ici, sont bons à voir et à entendre : un Anglais et deux Allemands. L'Anglais, William Gell, grand voyageur et race forte ; bonté sans amabilité, moqueur et enfant avec ses chiens qu'il apprend à parler. Il y a pourtant à profiter avec

Mais il semble que j'entends mieux ce
que disent les ruines lorsque j'erre seul, à
l'aventure, dans les rues pleines d'ombre et
de silence. Les rencontres que je fais alors
sont comme d'une personne qu'on n'attend
pas, qui tout-à-coup vous surprend. On
reste saisi.

Rome, d'ailleurs, ne demande pas à être
vue comme musée, mais comme Rome. Seul
et libre de tout programme officiel, je vois
peu d'objets à la fois, ou plutôt, je vois surtout ma pensée. — Plus je la creuse, et plus
j'observe, plus je sens qu'aucune ville ne
peut donner, au même degré que celle-ci,
l'impression de la mobilité des vivants, de
la mobilité des empires.

Que reste-t-il, dites-moi, de la cité universelle qui s'assimila le monde?.. Un peu de

lui, malgré son grand âge, lorsque l'intelligence assoupie se
réveille.

Mon cicérone, M. Odoard Gherard, fait avec Bunsen une
description de Rome antique. L'autre Allemand, M. Vollard
secrétaire du prince Henri de Prusse, est fort arriéré, mais
avec un vif sentiment de Rome. Il partage mon goût pour
la solitude du Colisée. C'est un lien.

poussière humaine, sur la poussière des monuments détruits. Rome n'est plus qu'un tombeau.

Ce sera toujours le sort des trop grands empires. Ils se dissolvent par le manque d'unité. L'Italie, si heureusement libre entre ses deux mers, est une complète humanité : *una compiutà umanità*. Complète, mais petite. Lorsqu'elle veut faire la grande, lorsqu'elle s'extravase trop au dehors, elle crée sa ruine. L'histoire est là pour le prouver. L'Italie n'assurera son indépendance et ne restera forte, qu'en regardant vers ses origines, vers le Midi, la Grande-Grèce. Du Nord, ne lui viendra que le fléau des invasions, ou le malheur plus grand, peut-être, d'une protection tyrannique.

*\
* *

Rome n'est plus qu'un tombeau ; mais dans ce tombeau est venu s'ensevelir un monde. Cela fascine et retient. Ne cédons pas trop pourtant. A cette attraction de la mort, à la langueur sombre du climat, à la mélancolie croissante, s'ajouterait bientôt le malaise. Malgré la profusion des fontaines jaillissantes qui semblent répandre dans la ville, avec la fraîcheur de leurs eaux limpides, la salubrité, Rome, à l'éclosion de chaque printemps, redevient malsaine. Avril est à peine commencé, et déjà l'*aria cattiva*, comme disent les Romains, le mauvais air, subtil et doux, presque caressant, d'une moiteur perfide, promène en plus d'un lieu la fièvre.

Celui qui veut s'en garder doit éviter deux choses : l'excès de la fatigue physique, et la fréquentation de certains quartiers de Rome, au lever et au coucher du soleil.

Mais qui est sûr d'être toujours prudent... Après le Colisée, rien ne m'attire davantage, le soir, que ces quartiers déserts, ces jardins laissés à l'abandon. La ville est grande, et faible la population. Partout le silence...

A ces troupeaux de chèvres qui butinent familièrement au passage, à ces grands bœufs aux cornes immenses, qui promènent lentement dans Rome leur rêverie, on pourrait se croire dans une ville toute agricole. Les marchés, le matin, sont couverts de fleurs. Elles viennent, pour ainsi dire, spontanément sur cette terre volcanique.

Beaucoup de fleurs, mais très peu de produits. A deux milles au delà de Rome, la campagne cesse d'être cultivée. La plupart des vivres viennent de cinquante lieues plus loin. On mange à Rome les poulets d'Ancône. Très peu d'agriculture, encore moins d'industrie.

Aussi, à part les monuments, rien qui attire et retienne.

*
*   *

Ces belles heures du soir, sont un des bons moments pour embrasser du regard, un peu à distance, le tragique panorama de Rome. Ne croyez pas le connaître pour l'avoir vu une fois. Les pays fiévreux sont féconds en mirages. On peut dire qu'il y a autant de Rome que de changements dans l'air et dans le ciel.

Le grand soleil qui met tout à nu, dans un relief impitoyable, ne vous faisant grâce d'aucun détail, est l'ennemi de la beauté des ruines. Rome, vue en plein midi, n'est qu'une ville vieille, laide, malpropre, de renommée surfaite.

Il faut la voir de la rive droite du Tibre, dans un jour comme celui-ci, lorsque le lourd sirocco pèse sur la plaine, et que les noires montagnes de la Sabine couvent l'orage. Alors, apparaît et se détache dans sa majesté sombre, la capitale du désert.

A ce tableau du Poussin, opposez la Rome de Piranesi, éclairant ses ruines des dernières lueurs d'un ciel froid, sous l'âpre souffle de la tramontane [1]. Cette fois, c'est la ville des morts qui se dresse, fantastique dans sa pâleur sépulcrale.

*
* *

La fièvre des marais qui règne à Rome, et qui ronge et décime les derniers habitants

---

1. Vent du Nord sec et aigre. C'est le mistral de l'Italie.

de sa campagne, est un mal fort ancien. Il date de la première victoire de Rome sur le Latium. Les Latins, voisins immédiats de la cité souveraine, l'avaient aidée à ravir aux Samnites une riche proie : les terres *heureuses* de la Campanie, et leur capitale, la délicieuse Capoue. En retour, ils réclamaient leur affranchissement, c'est-à-dire, une place dans la cité, une part dans la vie politique.

La métropole orgueilleuse, méprisant les réclamations de ses alliés, s'unit aux Samnites de la montagne alors en guerre avec leurs frères de la plaine, et bien autrement belliqueux. Se mettant à la tête de ces barbares, Rome fondit sur la Campanie, le Latium. La victoire fut décisive, et terrible la punition. Le Latium ne put jamais s'en relever.

Ce fils aîné de la race latine, enraciné au sol, s'en vit déposséder, chasser même, au profit du petit peuple de Rome. Celui-ci encombrait le Forum de sa turbulence inquiète, de son oisiveté. Rome l'éloigna en

10.

lui donnant pour sa part de la victoire le champ du vaincu. C'est le commencement des colonies romaines.

Les plébéiens aisés refusèrent cet exil déguisé aux terres lointaines; ils demandaient les plus proches, celles de l'*ager romanus*, limitées par les augures et garanties par la protection immédiate de Rome. Les pauvres seuls, qui manquaient de pain, finirent par se résigner ; ils partirent. Mais sans aptitude et sans goût pour la vie rurale, ils laissèrent les champs dont la cité les enrichissait, à peu près incultes.

Bientôt ce fut une proie pour les traitants de la République. Ils achetèrent à vil prix, et firent cultiver leurs nouvelles possessions par des esclaves. Ceux-ci, mal nourris, mal vêtus, mal abrités, ne tardaient guère à engraisser cette terre aride de leurs cendres.

« Les Italiens, dit Montaigne d'après Diodore, achetaient en Sicile des troupes d'esclaves pour labourer les champs et avoir soin des troupeaux. Ils leur refusaient la nourriture. Ces malheureux étaient obligés d'aller voler sur les grands chemins, armés de lances et de massues, recouverts de peaux de bêtes, de grands chiens autour d'eux. »

*
* *

Rome ne se contenta pas de sa conquête sur les terres du Latium, elle l'étendit jusqu'à la mer, et traita avec une égale rigueur les habitants de la côte. Elle leur interdit tout commerce maritime, prit et brûla leurs longs vaisseaux. C'était un arrêt de mort porté, non seulement contre les villes qui bordaient la Méditerranée, mais aussi contre celles de la plaine : Ardée, Antium, etc., qui commerçaient avec les villes du rivage.

Alors commença, pour ne plus s'arrêter, la dépopulation du Latium, l'extinction lente mais continue de la vieille race latine.

Rome devenue conquérante au dehors ne songea plus à protéger son peuple. Qu'importe le sort de celui qui demain ira disperser ses os sur toutes les voies du monde?... Le Latin, l'Italien, le colon même, ne servira bientôt plus qu'à nourrir la guerre, à recruter les légions. Rome, maîtresse du monde, abandonna ses filles d'adoption, ses colonies, à toutes les injustices locales. Les grands propriétaires italiens se virent encouragés, par son exemple, à se servir de l'étranger. Elle le leur fournissait elle-même, par ses prisonniers de guerre.

*
* *

Malheur à la nation qui introduit chez elle le vaincu pour en faire son esclave. Tôt ou tard, c'est par lui qu'elle périra.

Non, ce n'est pas, comme on le répète toujours, de l'épuisement seul des guerres lointaines que Rome est morte, mais du cancer hideux, dévorant, qu'elle portait dans son sein : l'esclavage. La substitution de l'esclave à l'homme libre, la vaccination de ses vices, l'adoption des mœurs syriennes, voilà l'origine de la désorganisation intérieure de l'Italie, et, c'est de cela, surtout, qu'elle est morte.

La terre, pour être féconde, veut être aimée. Sous la main du mercenaire, elle se refroidit, et l'herbe parasite, l'ivraie de la parabole, envahit le champ que couvrait naguère l'or des moissons.

Quelques villas en ruines, une ferme monumentale abandonnée ; à l'horizon, le profil sévère des aqueducs rompus, voilà tout ce qui reste, aujourd'hui, sur la campagne de Rome, de sa grandeur passée.

Si vous cherchiez la trace des vingt-trois cités volsques disséminées sur la riche plaine, aux premiers temps de Rome, l'histoire vous répondrait : « Englouties aux profondeurs des Marais-Pontins. »

X

LA MALARIA

LES THERMES DES CÉSARS

X

LA MALARIA

LES THERMES DES CÉSARS

L'homme ayant méconnu les lois de la nature, celle-ci à son tour s'arma contre lui. Sa vengeance fut de le suivre dans son action meurtrière et de la consommer.

Pour accomplir son œuvre de mort, elle n'appela à son aide qu'un seul auxiliaire, un seul agent, mais infaillible : le *Sirocco*.

C'est le vent brûlant qui nous vient des déserts d'Afrique. Ce « vent de plomb », mot si juste d'Horace, poussant devant lui, de son aile basse et pesante, le sable mobile du rivage, commença lentement d'abord,

11

mais invinciblement toujours, le travail d'envahissement qui devait combler les ports déserts, obstruer le cours des fleuves et les forcer, en gênant leur entrée dans la mer, de refluer vers leur source.

Les *maremmes* de la Toscane, et les *Marais-Pontins* qui nous occupent, n'ont pas d'autre origine.

Dans ces conditions défavorables, qu'il survienne un grand orage, — à Rome ce sont de véritables déluges — et les torrents, les rivières, le Tibre lui-même, n'offrent plus un lit assez profond pour contenir les furieuses cataractes que leur lance, du fond de ses entonnoirs, l'Apennin.

Le Tibre qui doit recevoir la masse entière de ces eaux déchaînées, affaibli dans sa pente par les pierres et les vases qu'elles lui apportent ; barré, en partie, à son embouchure, grossit et s'exhausse monstrueusement vers la fin de son parcours. Dès lors, il faut bien qu'il crève et se décharge.

C'est la plaine, la campagne de Rome, qui en supporte le formidable écroulement.

Sous cette montagne d'eau et de boue, elle reste un moment noyée, submergée.

Multipliez maintenant ces déluges, et vous saurez comment se sont accrues les premières flaques croupissantes laissées aux replis des dunes, dans la retraite des eaux.

Le temps, ce grand maître en transformations, a suffi pour faire le reste.

Aujourd'hui, en face de la mer bleue, vivante et mouvante, d'amertume salubre, vous verriez s'étendre, sur dix lieues de long, une autre mer immobile et morne, d'aspect sinistre.

Ce sont les Marais-Pontins, et c'est là que la fièvre a établi son royaume. Mais le Sirocco, son messager fidèle, s'est chargé d'en élargir les frontières. La *malaria* ne s'étend pas seulement sur la campagne romaine dont elle décime les derniers habitants, elle règne aux portes de Rome, et dans Rome même.

*
* *

L'illustre voyageur William Gell qui a vu

tant de pays et observé tant de choses dans
sa longue vie, croit que le remède à ce
redoutable fléau serait en quelques bois
taillis, judicieusement espacés sur la route
que suit ce vent funeste. Pendant que ces
rideaux successifs ralentiraient sa marche,
les feuilles boiraient le poison, — elles en font
leurs délices, — et l'air arriverait ainsi à
Rome, déchargé de tous miasmes délétères.

Mais les Romains ont l'horreur des arbres.
Si vous leur demandez un abri contre leur
ciel pluvieux, ou contre les ardeurs meur-
trières du soleil, ils vous feront volontiers
une lieue de portique. Une allée d'arbres?...
jamais! Et pourtant, je ne sais aucun lieu
qui soit plus propre à favoriser leur crois-
sance rapide. Cette terre volcanique fer-
mente de vie, et l'eau, pour le rafraîchisse-
ment des racines, est partout dans Rome et
autour de Rome, à une très faible profondeur.

*
* *

Les anciens Romains qui faisaient un si

grand usage de l'eau pour leurs ablutions, cessèrent de bonne heure d'utiliser celles qu'ils avaient ainsi à portée, par leurs puits abondants, intarissables. Ils aimèrent mieux faire appel aux sources lointaines de la montagne.

Dès l'an 440 de Rome, le Censeur Appius Claudius Caccus, alla les prendre dans la Sabine, à Préneste et les mena dans Rome par un canal souterrain. Quarante ans plus tard, Curius Dentatus, vainqueur de Pyrrhus, dans la guerre des mercenaires, et riche des dépouilles des Grecs et des Tarentins, édifia dans les airs le premier de ces aqueducs dont la hardiesse fera l'éternel étonnement du monde.

La plupart de ces voies aériennes — on en comptait dix sous Trajan — se croisaient à l'orient de Rome. Elles y entraient par la Porte Majeure, et s'en allaient alimenter les fontaines et les thermes, dans les principaux quartiers de la ville.

Les aqueducs continuent à cheminer dans la campagne de Rome, mais en serviteurs inutiles. Ces piliers gigantesques, ces arcades étagées qui conduisaient suspendus, entre ciel et terre, les fleuves incorruptibles dans leur lit de pierre, aujourd'hui ne portent plus que le vide.

*
* *

Ce qui frappe et confond dans une ville où l'on ne se baigne guère plus[1], c'est le nombre et l'immensité des Thermes anciens. Ces bains publics dont les voûtes énormes et les fondations cyclopéennes couvrent encore plusieurs collines de Rome, — je pense aux thermes de Caracalla et de Dioclétien, — témoignent d'habitudes bien différentes.

Aux belles années de la République, les Romains n'opposaient à la langueur de leur climat, à son humidité chaude et débilitante, que le régime fortifiant des bains froids.

A la veille même de l'empire, nous voyons

---

1. Michelet écrit à sa femme : « Dans une si grande ville on compte trois maisons de bains à peine, et si mal tenues, d'une propreté si douteuse, que j'ai beaucoup hésité à y entrer. »

l'homme pâle qui avait traversé à la nage nos marais de la Gaule, César, se jeter intrépidement dans le Tibre.

Mais était-ce aussi le régime préféré des soldats des Marius, des Sylla? On en pourrait douter. Le luxe asiatique entra dans Rome avec les Scipions et les premiers essais de la tyrannie.

Ces soldats qu'on avaient menés à la conquête de l'Orient, en connaissaient, pour les avoir goûtées, les molles voluptés. Logés dans la maison des vaincus, enrichis de leurs dépouilles, — elles servaient habituellement à solder les légions, — ils avaient revêtu les vêtements somptueux et pris leur part des jeux du cirque, des plaisirs du théâtre, et de bien d'autres jouissances encore. Pour se délasser de ces énervantes fatigues, on vit ces barbares endurcis au froid imiter les Orientaux dans leurs coutumes, entrer dans les étuves, se plonger avec délices, dans les bains tièdes et parfumés.

Les prisonniers de guerre ramenés de l'Asie Mineure, ont certainement travaillé à

bâtir les premières étuves qu'ait vues Rome.
Ces thermes gisent avec les autres monument de la fin de la République, sous l'entassement des constructions de l'Empire.

Des Thermes d'Agrippa, adossés à son
Panthéon, aux Thermes de Caracalla et de
Dioclétien, qui pouvaient contenir trois mille
baigneurs, le luxe de ces bains publics alla
toujours croissant.

C'était aussi, comme en Asie, un lieu de
plaisirs, et Rome y conviait le monde.

Le peuple y vint, à son tour, oublier la
perte de la liberté. Il devait y perdre un
bien plus précieux encore, le génie fruste et
rude sans doute du barbare, mais qui est
une part aussi de l'âme des héros.

A ce régime quotidien de bains chauds,
de piscines tièdes, l'impérieux besoin d'action qui avait lancé cette race guerrière sur
toutes les routes du monde, allait s'éteindre
rapidement.

Bientôt, ce ne seront plus que les Romains
de la décadence, promenant sous les portiques le rêve et la langueur.

XI

LES TOMBEAUX

L'ART RELIGIEUX A ROME

XI

LES TOMBEAUX

L'ART RELIGIEUX A ROME

Tous ces monuments de la Rome des Césars sont faits pour confondre l'imagination. Voyez, au bout du pont Saint-Ange, cette citadelle qui se dresse, écrasant Saint-Pierre de sa pesanteur colossale, — celui-ci paraît tout petit à côté : — une montagne de pierre, orgueilleusement exhaussée sur un mont. Ce n'est pourtant qu'une tombe, et ce qu'on en voit n'est que la moindre partie du monument.

La gigantesque tour a été décapitée dans les invasions et les guerres civiles.

Aujourd'hui prison d'État, sous le nom de môle ou château Saint-Ange, il fut au temps des Colonna, des Orsini, une forteresse pour la défense. La papauté y chercha aussi son refuge. Le pape Clément VII s'y tint caché pendant que les soldats du duc de Bourbon faisaient le sac de Rome.

Sur la route d'Ostie, un autre mausolée, celui de Sextius, imitant les pyramides d'Égypte, a monté à cent pieds de haut.

Le mausolée de Cœcilia Metella n'était pas moins extraordinaire par ses proportions et la recherche de ses ornements extérieurs. La punition de ces tombes fastueuses, ce fut de tenter la convoitise des barbares. En voyant au dehors, la magnificence de ces palais funèbres, ils les imaginaient au dedans, pleins de trésors : métaux précieux, de l'or, des pierreries... C'était précisément ce qn'ils cherchaient.

Les opulentes sépultures qui s'échelonnaient sur les avenues, furent donc de bonne heure, violées, crevées, fouillées, vidées. Déçus dans leur espoir, ces vandales se ven-

geaient par le sacrilège, la suprême profanation. Les cendres des morts, tirées des sarcophages, étaient, par eux, jetées au vent.

Vers la fin du moyen âge, lorsque les
riches barons se mirent à bâtir leurs palais,
ils imitèrent les barbares. Nous avons vu les
Gaëtani s'emparer des colonnes du mausolée
de Cœcilia Metella, pour l'ornement de leur
villa dont les ruines sont encore visibles, non
loin de son tombeau, sur la voie Appienne.

Lorsqu'on regarde les restes de cette tour
massive et pourtant élégante, qu'envahit aujourd'hui une végétation robuste, un doute
vient à l'esprit. Ces masses énormes, si dis-
proportionnées à leur usage, — le château
Saint-Ange a cent vingt pieds de diamètre et
des murailles d'une épaisseur formidable,
étaient-ce seulement des tombeaux ? Ceux
qui les bâtissaient n'entendaient-ils pas
ménager aux vivants, en cas d'attaque, un
inexpugnable refuge ? Avec le respect qu'a-
vaient les Romains pour les morts, déguiser
les forteresses en mausolées, c'était les
rendre inviolables.

Le tombeau d'Adrien, celui d'Auguste dont on voit les restes sur la rive opposée du Tibre, apparaissent deux citadelles placées au nord et au midi de Rome, pour protéger la ville, la garder des surprises de l'ennemi. Pendant que celui-ci faisait l'assaut des murailles, ou cherchait à pénétrer par la voie du Tibre, la garnison romaine, à l'abri de tout danger, jetait sur l'assaillant l'huile bouillante et les lourds projectiles.

Dans la guerre que l'Allemagne fit à l'Italie au x° siècle, on dit que les Romains arrachèrent les statues du tombeau d'Adrien, pour les lancer sur la tête des soldats de l'empereur Othon.

*
* *

Cette après-midi, en revenant de la bibliothèque du Vatican, j'ai voulu jeter un regard sur quelques églises de Rome. Il faut renoncer à les visiter toutes, s'il est vrai que leur nombre soit plus grand que celui des jours dans l'année [1].

1. Rome compte en effet, actuellement, 389 églises.

Ne cherchons pas, ici, l'architecture élancée de nos églises du moyen âge. Au bout de deux mille ans, la Rome des Césars règne toujours dans Rome.

Le vieil Olympe écroulé avec la chute de l'Empire et le feu de l'ancien culte éteint, les temples restés vides s'offraient au culte nouveau. Mais les premiers chrétiens, de persécutés se faisant persécuteurs à leur tour, ne songèrent d'abord, dans leur haine du paganisme, qu'à renverser les demeures impures des dieux morts ou en exil. Le fanatisme des adeptes de la primitive église a fait autant et plus de mal aux monuments de l'antiquité, que l'impiété farouche des barbares.

Il fallut bien pourtant revenir au passé. Tous ces temples détruits ne couvraient pas moins Rome de leurs fondations indestructibles. Vouloir les arracher de terre, il n'y fallait point songer. On se résigna donc à édifier le nouveau temple sur les bases de l'ancien. C'était le ressusciter dans ses formes et ses proportions.

Le premier pas fait dans la réconciliation, on alla plus loin. Le temple relevé et baptisé chrétien se para des débris de celui que les prêtres avaient maudit, renversé. Il n'y avait qu'à se baisser pour prendre. Ces débris gisaient partout épars sur le sol.

Mais on en prenait ailleurs aussi. De là, tant d'églises étranges, bizarres : colonnes dépareillées de hauteur, de grosseur et de matières différentes ; frises composées des styles les plus divers ; sarcophages antiques soutenant les autels chrétiens. Pour dalles, de profanes mosaïques. Je voyais, tout à l'heure, sur les portes de la basilique de Saint-Pierre, la représentation tout entière des métamorphoses d'Ovide.

Ainsi, l'art païen a servi, comme il a pu, à faire de l'art chrétien.

⁎

Ce nom de *Basilique* réservé de nos jours, par le culte catholique, à ses plus majestueuses cathédrales, Rome le donnait à un

édifice tout laïque. C'était un tribunal où les
avocats s'exerçaient à la parole en plaidant
les causes bonnes ou mauvaises de leurs
clients. C'était aussi une sorte de Bourse où
se traitaient les affaires ; et encore, un bazar
où les promeneurs oisifs, — ils étaient nombreux sous l'empire, — venaient faire leurs
emplettes.

Toutes ces basiliques étant consacrées
aux mêmes usages, le plan devait en être
uniforme. C'était celui de Rome primitive :
Roma quadrata, c'est-à-dire un simple carré
long. Des colonnes rangées parallèlement,
dans le sens de la longueur, divisaient la
basilique en trois nefs. Celle du milieu était
la plus large. Au fond, faisant face à la porte
d'entrée, le tribunal. Pour le recevoir, la
muraille se creusait, s'arrondissait en un
demi-cercle.

Sous un climat aussi pluvieux que celui de
Rome, toutes les basiliques étaient tenues soi-
gneusement couvertes. C'était le contraire
pour les temples. Dans le Panthéon d'A-
grippa, le milieu de la voûte est resté ouvert.

Il le fallait, pour faire échapper la fumée des viandes qu'on brûlait sur l'autel, dans les sacrifices aux dieux.

Les basiliques les plus importantes avaient deux étages. Au rez-de-chaussée, le tribunal, les boutiques et le promenoir. Au premier étage, mais seulement au-dessus des nefs de côté et dominant la grande nef du milieu, des tribunes disposées à peu près comme les loges de nos théâtres et séparées par des colonnes légères. Là, venaient s'asseoir ceux qu'intéressaient les plaidoiries. De là encore, on pouvait surveiller les mouvements de la foule.

Ainsi, les basiliques, édifices civils de la vieille Rome, étaient tout préparées par leur forme et leur étendue, à devenir des églises, et même d'imposantes cathédrales.

Au milieu, la grande nef; à droite et à gauche, les bas-côtés. Au fond, dans le demi-cintre, la place pour l'autel. Si l'on ajoute que c'étaient là des monuments bâtis, pour la plupart, sous les empereurs et décorés avec magnificence: colonnes et revêtements de marbre, fresques admirables, ornements et portes de bronze ; autant de luxe à l'extérieur qu'à l'intérieur, nous arrivons à cette conclusion, que le culte catholique n'eut presque rien à changer à la demeure profane pour en faire la maison de Dieu.

Les premiers papes ne s'emparèrent pas seulement des basiliques, ils firent aussi descendre de leurs colonnes les empereurs, pour y élever, à leur tour, les fondateurs de la nouvelle église. Aujourd'hui, au faîte des colonnes Antonine et Trajane, vous verriez dominer saint Pierre et saint Paul.

Si l'on en croit les archéologues, un Jupiter sans emploi aurait pris le nom du premier des apôtres. Ainsi, sur le chemin du ciel, les deux religions ennemies se seraient réconciliées.

Rome païenne avait donné la première l'exemple de ces substitutions faciles. Néron, qui se croyait dieu, s'était fait élever, de son vivant, une statue colossale mesurant cent vingt pieds de haut. Le dieu mort, on laissa la statue debout, mais on supprima la tête et

l'on mit à la place de la sombre figure du
tyran, l'image rayonnante et gaie du soleil.
Elle y resta jusqu'à la venue de Commode.
Celui-ci, se croyant sans doute plus lumineux
que le dieu du jour, le supplanta. Peu de
temps il est vrai. Vous savez que cet empereur immonde trouva la mort dans l'enceinte
même du Colisée.

Le soleil, une seconde fois, fut remis en
possession.

Ainsi, tous les monuments du paganisme,
par les nombreuses vicissitudes de leur destinée, écrivent chacun une page de l'histoire
de Rome, d'une éloquence frappante.

* * *

La journée s'avance, il faut que je me hâte.
Mon pèlerinage rapide commencera par la
basilique de *Saint-Jean-de-Latran*, reléguée
aujourd'hui au désert, sur le triste Cœlius.
Tant de fois démolie et reconstruite depuis
Constantin, elle ne reste pas moins la mère
vénérable de toutes les églises du monde :

*Omnium urbis et orbis ecclesiarum mater et
caput* [1]. Mais quelle mélancolie !... Si près
de Pâques, je n'y trouve que le vide, le silence, les moiteurs froides de l'abandon. La
petite lampe allumée près du tabernacle
brûle toujours, mais seule. Le Dieu caché
semble attendre inutilement l'adoration des
fidèles. Excepté le samedi saint où le pape
y vient officier en grande pompe, comme
évêque de Rome, et lui ramène la foule,
« nous ne sommes plus guère visités, me dit
le custode, que par les étrangers et quelques
paysans de l'*Ager romanus.* »

Mélancolie au dedans, et tristesse au
dehors. Une tristesse à dissoudre les plus
fortes âmes. C'est la désolation du désert, de
la campagne de Rome, entrevue à travers les
flots de poussière que fait tourbillonner la
violence du Sirocco.

* *
*

Le pape Jules II voulait être enterré dans

1. La mère et la capitale de toutes les églises de la ville
(Rome) et du monde entier.

l'église de *Saint-Pierre-aux-liens*, en vue du
Colisée. Il le fut, à Saint-Pierre de Rome.
L'église, dépossédée de sa dépouille, a du
moins gardé, devant le tombeau vide, le mor-
ceau capital de la sculpture moderne qu'elle
oppose à la Grèce.

Le Moïse de Michel-Ange est plus titanique que ses prophètes de la Chapelle Sixtine. Ici, le titan de la Renaissance est lui-
même prophète. Son Moïse, bouche serrée
sous la barbe, une barbe au vent où l'esprit
souffle, est assis. D'un côté, il s'appuie
et se raidit sur la loi dont les tables posent
sur des pointes ; de l'autre, sa jambe, ramenée avec force, porte du pouce seulement
sur le piédestal. C'est l'attitude de l'homme
d'action qui va se lever. — Au front, deux
rayons, ou plutôt deux vraies cornes de bé-
lier, celles de la vision du prophète « qui
frappait de cornes de fer ». Il semble que les
ordres de la nature ne soient pas encore
bien totalement séparés. Cette figure, avec
ses yeux de bouc : *occuli caprini*, c'est la bête
encore, mais déjà transfigurée, moralisée.

Michel-Ange a voulu exprimer ce moment
entre les deux âges du monde, où l'homme
se retourne péniblement pour passer à un
monde supérieur.

Le jour tombe au moment où j'entre dans
Sainte-Marie-Majeure, si belle, si noble à
l'intérieur avec ses blanches colonnes du
temple de Junon. C'est tout le contraire de
Saint-Pierre : ici, beaucoup d'effet avec très
peu de moyens.

XII

LA CHAPELLE SIXTINE

XII

LA CHAPELLE SIXTINE

Malgré les interdictions de la semaine sainte, je suis parti ce matin, avec le secret espoir de visiter le musée du Vatican. Cette fois, j'ai passé le Tibre sur le vieux pont San-Bartolommeo, et j'ai traversé, dans toute sa longueur, le quartier plébéien de Rome, le *Transtevere*, grouillant d'hommes et de bêtes.

Je me présente, refus net : « Les galeries resteront rigoureusement fermées jusqu'a-près les fêtes de Pâques. » Il faut naître valet pour être ainsi impertinent. Quel contraste avec la courtoise aménité des grands dignitaires !

J'essaye alors, pour utiliser ma course, de
monter jusqu'au faîte de la coupole de Saint-
Pierre d'où l'on découvre Rome toute entière
et ses environs. Nouvel échec; le bedeau
fait la sieste. Il ne me reste plus qu'à me
réfugier dans l'église. Comme à ma première visite, j'ai d'abord été ébloui de sa ma
gnificence. Puis, à l'examen, je lui reproche
trop de tableaux médiocres, trop de saints
et du plus mauvais goût; trop d'ornements
accessoires. Ce sont des colifichets indi-
gnes de la majesté d'un tel lieu. Il y a aussi
trop de tombeaux. La première basilique du monde se trouve ainsi changée en
nécropole. Je venais m'incliner devant
Dieu, et je ne rencontre partout que des
hommes.

Où est la sainte nudité du dôme de Florence qui pénètre, les plus incrédules, d'un
profond sentiment religieux! Ici, l'entrée
vaut mieux que le temple [1].

1. On voit par le journal de Michelet que le directeur de
l'École de Rome, M. Horace Vernet, avait la même impres
sion de ce monument.

Le Vatican, résidence d'été du Souverain Pontife, est à deux pas de Saint-Pierre. Palais? Non. C'est plutôt une ville que les papes se sont bâtie pendant qu'ils habitaient, sur le Cœlius, leur triste palais de Latran. Chaque nouveau pape est venu y ajouter, selon ses besoins ou sa fantaisie d'artiste. De là, le manque d'unité, mais des parties admirables.

La Chapelle Sixtine est comme perdue dans cette immensité. L'entrée est mesquine, dissimulée sous la colonnade qui enveloppe Saint-Pierre. Cette fois, j'ai été plus heureux, et, bonheur rare, j'ai pu tout voir sans cicerone. Dès le vestibule, une scène de violence attire le regard. Un pape foule aux pieds un homme qui lui montre quelque chose d'écrit dans un livre. A côté : la *Bataille de Lépante*; j'attendais la Saint-Barthélemy.

Ici encore, trop de tableaux. Dans ce lieu resserré, ils s'étouffent. Au fond de la chapelle, sur la muraille, le *Jugement dernier* de Michel-Ange, l'une des dernières œuvres de sa vieillesse. — A la voûte, et entre les fenê-

tres, le fruit du génie dans l'âge mûr : les
Sibylles et les Prophètes.

Toutes ces peintures sont fort noircies
par les fumées que les cierges et l'encens
leur envoient depuis plus de trois siècles.
Dans un jour sombre et bas comme celui-ci,
on n'en peut avoir qu'une vision confuse.
Telle qu'elle s'offre cette vision, obscurcie,
ayant perdu ses épouvanteurs, elle remplit
encore la chapelle de terreur.

Michel-Ange n'acheva son *Jugement*
qu'après l'invasion française, le sac de Rome
(1527). On le voit bien. Tous ces damnés
expriment les tortures des passions qui con-
vulsionnèrent alors l'Italie. C'est aussi l'excès du mouvement, après le lourd repos du
xv° siècle.

On était au moment de la guerre et de la
ligue de Cambrai, où le pape porta le dernier coup à l'Italie, en tuant Venise, quand
le grand Italien fit les Prophètes et les Sibylles, réalisa cette œuvre de douleur, de
liberté sublime, d'obscurs pressentimens, de
pénétrantes lueurs. La lampe que le Cyclope

portait au front, dans l'obscurité de sa voûte, nous éclaire encore.

Dans cette fresque, ce colossal génie apparaît un homme de l'Ancien Testament, un juif, un païen, bien plus qu'un chrétien. Le Christ ni la pensée ne sont évangéliques. Tâchons d'habituer nos yeux à ces demi-ténèbres, nous pourrons mieux nous orienter au dédale des voûtes, nous saurons mieux ce qu'il pense. Nous sommes ici dans l'antre des prophètes et des sibylles. La plus jeune et la plus antique, la Delphica, lance autour d'elle un âpre regard, celui de la vierge de Tauride. La mère du Christ elle-même a peur, et se serre contre son fils.

On ne sait, en voyant de tous côtés ces visages terribles, lequel écouter le premier, ni dans qui l'on trouvera un favorable initiateur [1]. Ces gigantesques personnages sont

---

1. Michelet, à vingt-cinq ans de distance, a donné dans son Histoire de France, t. VII, *Renaissance*, une magnifique description des Sibylles et des Prophètes. Nous pensons être agréable à ses lecteurs en reproduisant les pages qui répondent aux notes écrites en 1830, notes toutes descriptives, et sans digressions philosophiques.

Mme J. M.

si violemment occupés qu'on n'oserait s'adresser à eux. Car voilà Ezéchiel dans une furieuse dispute. Daniel copie, copie, sans s'arrêter ni respirer. La Libyca va se lever.

Le vieux Zacharie, sans cheveux, une jambe haute et l'autre basse, ne s'aperçoit pas même d'une position si fatigante, dans sa fureur de lire. La Persica, le nez pointu, serrée dans son manteau de vieille qui lui enveloppe la tête, bossue de son long âge et d'avoir lu des siècles, . lit avare, envieuse, pour elle seule, un tout petit livre en illisibles caractères, où elle use ses yeux ardents.

Elle lit dans la nuit, sans doute tard, car je vois à côté, la belle *Erythræa* qui pour écrire, fait rallumer son feu éteint et remettre de l'huile à la lampe.

... Mais tous ne sont pas occupés à lire ou à écrire. L'attente d'un terrible avenir, c'est ce qui remplit la Chapelle Sixtine. Un frémissement de terreur y fait trembler les murs, les voûtes, et, pour se rassurer, on ne sait où poser les yeux. Voici des mères épouvantées qui pressent leurs enfants contre leur sein. Là, une figure pâle qui suit un dévidoir, voit filer l'irrésistible fil que rien n'arrêtera. Un autre, en face d'un miroir, voit s'y réfléchir des objets qui sans doute passent derrière lui, si effrayants, que de son pied crispé il frappe au mur, recule.

... Évidemment, les personnages ne sont pas tous dans l'ordre logique, mais placés selon les effets, les nécessités de l'art et de la lumière. Pour se guider, il faut moins regarder ceux qui parlent que ceux qui écoutent.

Le point de départ me semble être dans la belle femme endormie qui est sous Ezéchiel et qui est visiblement enceinte... C'est là le premier mot de l'avenir.

Sous le même prophète, en face de la jeune femme qui dort, vous la revoyez, mais moins jeune, éveillée, et mère maintenant. Il est là devant vous, robuste, ce fils de la parole prophétique, cet enfant de justice et la justice même.

Je le vois ici, dans sa force. Quels muscles déjà! Mais je voudrais savoir comment il a grandi cet enfant.

Regardez là-bas, sous les pieds de la Persica. Au petit livre où lit la vieille, répond
en bas, le petit nourrisson. Là, il est au maillot; il dort et rêve l'innocent, enveloppé
comme une momie d'Egypte, n'ayant ni bras
ni jambes visibles, ne pouvant rien encore
lui-même, les yeux clos et pas de cheveux;
la pauvre tête est rase... sa mère baissée
sur lui, l'entoure, l'embrasse et l'enveloppe
d'elle-même...

Par bonheur, car sur tous les deux (on le
voit aux robes flottantes) passe violent, le
vent de l'Esprit... Dors petit, n'ouvre pas les
yeux, laisse passer le tourbillon. Et que l'envieuse Sybille que je vois sur ta tête, vieille
vierge méchante, qu'on dirait une fée, lise
sans se douter que ce qui pour elle est un
livre, c'est ton destin, à toi, ta faible vie d'enfant. Son destin, au petit, c'est, Dieu aidant,
de se faire grand, de manger le bon grain de
Dieu. Vous le voyez, enfin délivré du maillot,
grandelet; il a maintenant des pieds, des
mains et des cheveux; il voit, regarde. Ce
qu'il regarde et attentivement, c'est sa mère

qui fait la bouillie, sa mère qui saura bien la donner peu à peu ; elle la prend, la dispense d'un doigt prudent (naïve peinture, œuvre tendre d'un génie si mâle !). Et il le faut ainsi… Le temps est nécessaire, la mesure est nécessaire, peu à la fois, peu chaque jour ; la vie croîtra en lui, et l'intelligence viendra et de plus en plus ; il verra clair et sera initié !

… Est-ce le même enfant que je vois reproduit tant de fois, majestueux, figure d'herculéenne adolescence, entre douze et quinze ans, devenu l'Atlas des prophètes, portant sans plier, ces géants et tête haute ?… Je le vois, l'enfant est un peuple héroïque qui naît de la justice et mettra la justice au monde.

Mais qu'il nous faut de siècles, de générations, de malheurs ! Et dans quelle abondance de larmes continue cette œuvre si fière !…

L'artiste n'avait pas prévu un tel déluge de maux… Ce qui lui perce le cœur, ce sont toutes ces familles de pèlerins qui sont assises aux coins obscurs, pauvres voyageurs fatigués qui ne se plaignent plus, ne pleurent plus, restent inertes et stupides de faim et de misère, le sac et le bâton à terre, souvent le menton dans la main, regardant venir sur la route, quoi? Ils ne le savent pas eux-mêmes. Mais peut-être viendra quelque chose, une aumône peut-être. Car toute l'Italie est mendiante ou va l'être.

« Ah! ah! ah! *Domine Deus!* » Ce cri enfantin de Jérémie, est tout ce qui peut venir, avec les larmes, en un malheur qui dépasse toutes les paroles. Et ce sont des larmes sans doute qui coulent invisibles·le long de cette barbe orientale à longues tresses. « Ah! ah! ah! *Domine Deus!* » Sa tête colossale tombe dans ses mains, et il ne peut plus la soutenir... Mais si vous voyez ce qu'il voit! votre cœur crèverait...

... Ce qu'il voit, ce n'est pas seulement ceci qui arrache vos larmes, c'est ce qui va venir... C'est Ravenne, c'est Brescia, vastes ruines et massacre d'un peuple qui n'aura lieu qu'en 1512, deux ans après cette peinture; ce sont les tortures de Milan; plus tard encore, le sac de Rome... Un monde d'art,

une complète *umanità* noyée d'une vague et
d'un coup, et la barbarie qui commence,
l'horreur hérissée du désert, la prospérité
du chardon, les moissons de la ronce...

*
* *

... Michel-Ange mit cinq ans à peindre
cette tragique odyssée, cinq ans de solitude
absolue. Il s'enfermait, passait là les nuits
aussi bien que les jours; il peignait couché
sur un lit suspendu à la voûte, la tête renversée, le front armé de sa lampe. Il refusait toute visite, celle même du pape Jules II
qui lui avait intimé l'ordre, à lui sculpteur,
de peindre, du haut en bas, toute la chapelle
Sixtine. Le vieillard colérique, impatient,
irrité des retards, menaçait de le jeter du
haut des échafaudages.

Enfin la chapelle fut inaugurée, le jour de
la Toussaint (1ᵉʳ novembre 1512). Jules II
regarda et gronda ces mots : « Il n'y a pas
d'or dans tout cela. »

— « Saint-Père! répondit Michel-Ange,

13

les gens qui sont là-haut, ce n'étaient pas des
riches, mais de saints personnages qui ne
portaient pas d'or et faisaient peu de cas des
biens de ce monde. »

XIII

LE DIMANCHE DE PAQUES A ROME

XIII

LE DIMANCHE DE PAQUES A ROME

Ce matin, après de longues courses à travers Rome, j'ai choisi pour mon repos une église inconnue. Je voulais éviter la foule. J'ai trouvé celle-ci déserte, à onze heures, et dans un pareil jour !

En réalité, il y a chez ce peuple, malgré les apparences, plus de superstition que de véritable piété. Les Romains des classes élevées que j'ai vus se porter, avec empressement, aux exercices de la semaine sainte, ne montraient, non plus, aucun recueillement. Ils allaient plutôt, comme les étrangers, voir un spectacle.

Celui qui a perdu la foi ne peut espérer la recouvrer ici. Si j'ai délaissé ces pompeuses fêtes, c'est que j'ai apparemment le cœur trop chrétien.

Ce moment est bon pour étudier le peuple de la ville et celui de la campagne. Il est aujourd'hui tout entier dans les rues, sur les places, mais peu bruyant. Les enfants même, ici, ont de la gravité. C'est pourtant la grande fête de l'année, le jour des plus vives réjouissances: *La buona Pasca!...* C'est l'adieu, dans la joie, au maigre, à l'odieux carême. Les boutiques des bouchers restent ouvertes tout le jour. Ce soir, il y aura illumination chez les charcutiers [1].

Viva la Carne! crie près de moi un petit paysan, hâlé, hâve, fiévreux qui peut-être, comme le jeune guide de Niebuhr, n'a mangé de la viande qu'une fois dans sa vie.

Les chevaux sont aussi de la fête. Au plumet qui les pare à l'ordinaire, leur maître vient d'ajouter une fleur. Ces poulains laissés

1. Le porc est la principale nourriture des Romains de la classe pauvre.

libres jusqu'à l'âge de trois ans, errent en sauvages dans la campagne de Rome. Chacun les dompte pour soi. Ils arrivent sur le marché, tout semblables à ceux qui les conduisent. Ils sont malicieux, capricieux, en dessous, féroces; ils mordent comme les chiens. C'est une race entière, sans aucun mélange, toute romaine.

Derrière l'animal indocile, fantasque, au trot sonore, vous entendriez, se rendant au Campo Vaccino, le pas sourd, lent et pesant du grand bœuf de labour, figure monumentale comme celle du paysan romain et, comme lui, rêveur.

Ces paysans de l'*Ager romanus* perpétuent seuls la race antique. Dépouillez de ses haillons celui que je vois là-bas, appuyé aux bas-reliefs de la colonne trajane, vous aurez un empereur romain.

A part ceux-ci, deux types prédominent, le premier, par un caractère de grande intelligence : vous le retrouvez au Capitole, dans les statues de Tibère et de Nerva.

Ce type appartient aux hommes de la

montagne où règne toujours l'esprit féodal.
Ils sont tous de la famille des Colonna qui
tient une place importante dans l'histoire de
Rome. Dès le xiie siècle, le long de l'Anio, du
lac Albano, aux Abruzzes, par la Sabine, ils
possèdent des villes, notamment Palestrina,
qu'ils fortifieront, et que leur détruira plus
tard Boniface VIII.

De bonne heure, dans chaque château,
ces Colonna enseignent à leurs paysans
l'agriculture, le drainage... Le souvenir n'en
est point perdu et cela leur compte. Il y a
trente ans, tous ces montagnards se rassem-
blaient encore dans la célèbre Anagni[1] avec
les armes et les costumes du moyen âge,
pour rendre hommage à leurs seigneurs.
Sans servilité, parce qu'ils les aimaient.

*
* *

Vous distingueriez vite le Romain du se-

1. C'est à Anagni, que le pape Boniface VIII reçut le
soufflet que lui portait l'envoyé de Philippe le Bel, Nogaret,
ami de Colonna.

second type, bas de taille, et de bonne heure
obèse. La vie sédentaire et l'humidité du
climat favorisent cette obésité. Mais qu'il
soit relancé dans l'action et tout va changer.
Mon postillon, celui qui m'a mené d'Acqua-
pendente à Rome, toujours sur les routes,
brûlé du soleil, maigre et long, spirituel,
d'un babil rapide, intarissable, était comme
fou de vivacité.

Ne pas avoir connu la servitude y fait
aussi. Mes deux *velturini* attitrés sont fort
différents l'un de l'autre. Le premier, ancien
valet de chambre du nonce en Suisse, garde,
sous l'habit du cocher, la livrée du domestique. Insinuant, flatteur, un peu servile.
La longue habitude de l'obéissance lui a
aussi donné la docilité d'un enfant. Le pauvre
homme en sa maison n'est guère roi. C'est
sa femme qui règne et commande en maître.
Il me montre force médailles et reliques aux-
quelles il semble n'ajouter que peu de foi.
Mais la *signora* veut qu'il les porte : *Che
volete, bisogna aver la pace.*

Mon second *velturino*, jeune adolescent

13.

au profil sévère et dur, le teint jaune, l'œil
brillant de fièvre, n'a d'autre souci que celui
de son argent. Je le vois sans cesse occupé à
tirer furtivement, d'un petit sac de cuir, son
mince pécule. C'est toujours le *Latin* avide
et avare, thésaurisant le butin de la conquête. On dit que le vieux roi de Pont,
Mithridate, fuyant devant les soldats romains, n'eut qu'à faire ouvrir les sacs rem-
plis d'or qu'il emportait avec lui. Pendant
qu'ils ramassaient, il échappa.

*
* *

Les jeunes paysannes de la campagne
romaine sont presque toutes belles, fortes
et bien taillées. L'habitude qu'elles ont de
porter la corbeille sur leur tête, contribue
peut-être au développement sculptural des
formes. Le torse se cambre et le bras se
relève avec grâce pour tenir en équilibre le
léger fardeau. Le cou seul perd de son élégance. Il se raidit, et en même temps se
raccourcit; il s'enfonce dans les épaules au

détriment de son élégance et de sa souplesse.
Ce sera de bonne heure la robuste matrone,
avec les gros yeux saillants et la dureté de
physionomie des impératrices romaines.

Les vieilles femmes vont souvent tête nue.
Ce sont alors les Sibylles, la *Persica* ou les
Parques de Michel-Ange, descendues des
voûtes de la Chapelle Sixtine, et qui mar-
chent dans la rue.

L'abondante et noire chevelure de toute
cette population féminine, nattée et parée
d'aiguilles d'or ou d'acier, n'a guère qu'une
fois par semaine les honneurs de la toilette.
Cela se fait le samedi et sans mystère, sur
les portes ou même dans la rue, entre com-
mères qui se prêtent un mutuel secours.

*
* *

Avec la journée qui s'avance, l'animation
se ralentit. Beaucoup d'hommes, de femmes,
et même les enfants, sont maintenant assis,
sans paroles, dans une attitude de médita-
tion. Ce peuple, dans son immobilité silen-

cieuse, semble couver toujours des pensées
profondes. Né pour la guerre et pour l'action,
aujourd'hui qu'il n'agit plus, il rêve. Pauvre,
il ne travaille pas. L'esprit de l'empire romain fut un esprit d'orgueil, et cela dure
encore.

Rome barbare et victorieuse fit travailler
les vaincus transformés en esclaves. Rome
moderne n'a plus que des serviteurs payés et
elle en use. Pour l'entretien des routes qui
lui amènent l'étranger, — source de sa seule
richesse, — elle fait descendre les gens des
Abruzzes. Pour faire la moisson, bâtir,
porter les fardeaux, elle appelle les Génois,
les Mantouans, les Bergamasques.

Chez ce peuple romain, le *farniente* est
une vieille, une invincible habitude. Il n'y
eut jamais à Rome de véritable industrie.
Quelques charpentiers, qui marchaient à la
suite des légions, ne formaient pas plus une
communauté d'artisans que les sapeurs qui
accompagnent nos troupes.

Cette indolence songeuse tient encore à la
qualité du climat de Rome. Si vous interro-

giez la femme oisive qui porte à raccommoder
au Juif les trous de son manteau, elle vous
dirait, à son excuse, que le temps lourd,
humide, orageux, *tempo matto*, lui met du
plomb dans les veines. Et cela est réel. A
travers les vapeurs cotonneuses qui ouatent
le ciel et semblent faire écran, le soleil n'en
a que plus de force. Il excite et il énerve.
Toute fatigue, pour peu qu'elle se prolonge,
tourne à l'épuisement.

Si ce peuple a jadis remué le monde, c'est
qu'il vivait toujours hors de Rome. La légion
était une colonie en marche. Aujourd'hui
que le Romain est au repos, il semble si las
de l'antique fatigue de ses aïeux, qu'il ne
puisse ni agir, ni même sortir du rêve.

*
* *

Ce qui reste aussi de l'antiquité chez ce
peuple, c'est le tempérament sensuel et
féroce. Il a parfois de terribles réveils. Ne
pouvant plus se donner, pour sa récréation,
des combats de gladiateurs ou le spectacle

terrifiant de six cents lions se déchirant dans l'arène, il fait combattre des taureaux. Sa fête encore, c'est de lancer de la Place du Peuple, des chevaux indomptés, sans monture. Personne n'oserait se hasarder. Le cavalier, d'ailleurs, serait inutile. Au point même où l'éperon touche le flanc de la bête, on a fendu la peau et introduit en dessous, une mèche imbibée d'alcool. Au moment où l'étalon va partir, on l'allume. Cette mèche enflammée est contre sa chair et la brûle. L'animal enragé de douleur, — elle doit être horrible, — traverse le Corso avec la rapidité de l'éclair et vient s'abattre écumant, avec des hennissements furieux, au pied du Capitole, salué de la foule par des acclamations frénétiques.

Les Napolitains dont on accuse la férocité, ne connaissent pas ces jeux barbares. Ils ont proscrit les combats de taureaux. Cette population demi-grecque a gardé quelque chose de sa douceur. On sait le mot des Athéniens auxquels on proposait les combats de gladiateurs : « Renversez auparavant l'autel de la Pitié! »

XIV

LE PÈRE VENTURA

LE MUSÉE DU VATICAN — LA NUIT AU COLISÉE

XIV

LE PÈRE VENTURA

LE MUSÉE DU VATICAN — LA NUIT
AU COLISÉE

Je suis de plus en plus frappé de l'inaction de ce peuple. C'est presque de l'indolence byzantine. Il semble aussi qu'il ne puisse sortir du sommeil.

Très inquiet des miens dont je suis sans nouvelles depuis dix jours, je passe régulièrement à la poste le matin. Trois fois sur quatre, on me répond : *Non é l'ora signore.* Ce qui signifie que le buraliste dort encore profondément.

Je ne suis pas plus heureux au couvent des Théatins. Toujours indécis sur l'utilité d'un

voyage à Naples, j'ai voulu voir un Napoli-
tain de valeur, le Père Ventura. Il habite, à
Rome, dans ce couvent dont il est le fondateur.

J'y étais allé déjà deux fois dans l'après-
midi, inutilement. Le Père confessait toujours; son portier faisait invariablement la
sieste. Ce matin, j'y retourne. Il était près de
neuf heures. A la loge, il ne faisait pas jour
encore. J'ai eu bien du mal à éveiller mon
homme.

« N'êtes-vous pas l'ambassadeur de
France [1]? Il paraît qu'il est déjà venu deux
fois. » Celui qui m'interpellait ainsi, n'était
pas un concierge ordinaire, mais plutôt un
monsignore ennuyé, obsédé de sa trop
lourde charge.

*
* *

J'ai pu saisir enfin mon philosophe. La
tournure est bien celle de l'orateur; il parle
le français avec charme. Je m'attendais à le

1. M. de Chateaubriand.

voir s'attaquer à la métaphysique, car il est
tout occupé, en ce moment, à renouveler la
doctrine de saint Thomas d'Aquin. La con-
troverse n'est pourtant venue qu'après la
France dont il se montre très curieux. Mais
ainsi que les Allemands, il ne la connaît
guère, n'ayant lu, comme eux, que Burke.

Il me dissuade d'aller à Naples : « Vous
n'y trouveriez que Galupi à demi kantiste. »
Le livre qu'il prépare sur la *Certitude* l'a
plongé dans Bonald et saint Thomas dont il
est enthousiaste. Le bon Père voudrait
attirer à Rome des Napolitains de valeur, et
fonder une école de scholastique. Ma grande
déférence fait qu'il se méprend sur mes
opinions, et je le vois caresser un rêve :
celui de m'enrôler dans sa confrérie.

« Lisez, lisez, mé répète-t-il avec feu, la
Summa contra gentes, les *Questions contro-
versées*. Ce dernier ouvrage résume toute la
doctrine. Vous êtes fait pour tout comprendre. »

Revenant à la France, il se montre sans
rancune contre ses ennemis, contre M. de

Lamennais qui a violemment attaqué son dernier livre [1]. Il admire Cousin et croit à sa sincérité, mais très peu à sa foi. Tout en discutant ses opinions, un mot vif, presque irrévérencieux pour l'Église, lui échappe : « Mauvaise raison, monsieur, très mauvaise raison ; une raison de sacristie. »

*
* *

Ce matin, grâce à l'ambassadeur de France, le musée s'est ouvert pour moi avant la date permise, et j'ai pu pénétrer seul dans ces catacombes d'un peuple de marbre. Le majordome qui m'introduit, repousse la grille, et me voilà, tout le jour, errant au milieu de ces blanches figures qui toutes me regardent.

Beaucoup d'empereurs, physionomies parlantes. Néron que je rencontre le premier, jeune et très mou. Caracalla, bête féroce. Hélagabale, joli, efféminé. Celui-ci venu de

1. *De methodo philosophandi.*

l'Asie en exprime bien les mœurs, les vices.
Son cousin, Alexandre Sévère qui lui succéda, valut mieux. C'est pourtant encore,
la mollesse syrienne. Ces deux empereurs
furent élevés par des femmes, par leur mère.

Celle d'Alexandre les domine tous.

Il y a parfois d'étranges contrastes : à côté
du type romain arrêté, sévère, voici Adrien,
bouche aiguisée de sophistique. Douce et
spirituelle figure de Tibère. Quoiqu'on ait
dit de ses crimes, ce visage en donne une
grande idée. Nerva et lui se ressemblent. Ils
expriment deux types romains. Marc-Aurèle
est d'une autre race.

Tous ces grands hommes imposants, austères, ont mené le genre humain pendant
tant de siècles !...

Et ces dieux, vrais dieux de la pensée, où
l'on sent le génie philosophique de la
Grèce !... Et les divinités énigmatiques de
l'Asie !. .

Une grande salle est pleine de serpents
divins, de lions qui étaient vraiment des
dieux. Malgré mon extrême maigreur, tout

ce peuple muet me couve de sa prunelle
immobile, ardente... Le sentiment de la
réalité me revient ; je songe qu'on pourrait
bien m'oublier, refermer la grille. En ce cas
je serais condamné sinon à être dévoré par
les lions, tout au moins à mourir de faim.

* *
*

Je n'entreprendrai pas de faire ici, la
description des Chambres et des Loges de
Raphaël. Cela m'entraînerait trop loin.
Raphaël est une école, un peuple de peintres. Son oncle, le très habile, très ambi-
tieux et très adroit Bramante, sut faire venir
d'Urbino cet étonnant jeune homme, pein-
tre ravissant de madones. On renvoya pour
lui, Léonard de Vinci, Michel-Ange, et, ces
titans partis, on lui donna à peindre : ba-
tailles, conciles, écoles antiques, paysages,
ornements allégoriques de toutes sortes,
mille sujets différents. Il représenta tout et
sut tout sans avoir rien appris. Il fit bien
plus, il sut mener les autres, employer leur

talent. Directeur de nombreux élèves dont chacun avait des élèves à son tour, il a pu, en quelques années, exécuter, par eux, ces milliers de toiles qui couvrent l'Europe, et qu'elle lui attribue.

Léon X préféra cette rapidité d'exécution à la lenteur de Michel-Ange. La destinée sévère tint celui-ci toujours aux prises, dans ses meilleures années, avec ces deux hommes immenses : Vinci, Raphaël.

Vinci, le roi des sciences aussi bien que des arts, inventeur en toutes choses, dont les œuvres prophétiques inaugurent le mouvement scientifique du siècle.

Avec Raphaël, le duel fut contre toute une école. L'infériorité de celui-ci, c'est qu'il appartient bien moins à l'histoire que son rival. Qui se douterait, en parcourant ses œuvres, des révolutions sanglantes qui ont bouleversé l'Italie ? Le souffle des orages politiques a passé, repassé, sans troubler la sérénité de ses belles et impassibles madones. Non seulement elles ignorent les calamités qui sont venues fondre sur leur pays, mais encore, leur propre passé, la passion sanglante et la mort de leur fils.

Michel-Ange, au contraire, est plein des malheurs présents et futurs de la Patrie. Pendant que Raphaël s'amuse à peindre la longue histoire de sa Psyché, le Florentin, à deux pas de lui, la lampe au front comme un cyclope, écrit au plafond de la Sixtine, la terrible vision du passé, de l'avenir. Ses sibylles, ses prophètes que nous venons d'entrevoir, ne sont-ils pas des portraits ? On y trouve toute la gravité, la force dont la population de la Sabine lui offrait le modèle.

Michel-Ange eut de Dante la sublime colère qui inspira l'Enfer et le Purgatoire. Mais la vision du *Paradis*, il ne pouvait l'avoir. Elle a été le partage de Raphaël.

L'opposition de Michel-Ange et de Vinci apparut surtout en 1506, lorsque le premier, âgé de soixante ans et le second de trente, ils mirent en face l'un de l'autre deux cartons destinés à la salle du Conseil de Florence. Vinci présenta un combat acharné de cavaliers couverts d'une armure fantastique qui joue l'écaille des reptiles, le dard et la queue du scorpion. Ses chevaux, admirables, les premiers qu'on eût vus. C'était l'invasion de la nature dans l'art, absorbé jusque-là, par la figure humaine.

Michel-Ange opposa une surprise de guerre. Des soldats florentins se baignent, oubliant le danger. Mais voici que la trompette sonne... C'est l'ennemi!... Aux armes! Levez-vous, Italiens!... Ne voyez-vous pas à l'horizon flotter le drapeau des barbares?

Il intitula cette œuvre étonnante : *Guerre de Pise*. A vrai dire, chacune de ses œuvres est une page d'histoire.

Le *Jugement dernier*, fini sous Paul III, après le sac de Rome (1527), le tombeau des Médicis à Florence, avec le *Penseroso*, avec la *Nuit*, le *Crépuscule*, resteront les monuments funéraires de l'Italie.

*
* *

Je suis sorti de cette Babel, accablé de

14

pensées, de rêveries. Beaucoup trop pour
un seul jour! Le soir, selon mon usage, je
suis allé m'enfermer au Colisée. Solitude
profonde... C'est le lundi de Pâques, tous les
étrangers sont à la fête. Le gardien a poussé
les grilles, et cette fois encore, je suis resté
seul, je ne sais combien d'heures, entre le
sommeil et la veille. Point de lune, — elle
est à son déclin, — et pourtant de la lumière.

J'ai vu ou cru voir, à travers ses lueurs,
que le Colisée se peuplait. C'étaient d'étranges figures, plusieurs de celles que j'avais
vues le matin, d'autres encore, mais toutes
rayonnantes d'un éclat pâle, d'une infinie
douceur. C'était comme une assemblée de
dieux qui me donnait, sur un point de l'espace, la vision du génie mystérieux de l'antiquité. J'étais étonné et non effrayé. Un seul
était imposant, au point d'inspirer la terreur :
le génie grec, avec le front de Jupiter Olym-
pien, armé de bonté, de puissance, d'incom-
parable énergie; toute la pénétration des formules invincibles que les Platon, les Aristote ont imposées au genre humain.

XV

LES CATACOMBES

XV

LES CATACOMBES

Malgré le sirocco qui souffle toujours avec violence, j'ai gagné ce matin la Porta Capena, et seul, sans guide, je me suis enfoncé dans la campagne de Rome. Les tristesses du désert m'attiraient.

Ce n'est pas comme l'a dit M. de Chateaubriand, la désolation de Tyr et de Babylone ; rien n'y ressemble moins.

Ce n'est pas non plus une Arabie desséchée, stérile. Chaque année, sous les pluies d'automne, le désert reverdoie. Pour donner mieux qu'une herbe grossière, pour rede-

14.

venir ce qu'il fut jadis : le grenier d'abondance de l'Italie, ce sol, engraissé pendant
tant de siècles de la dépouille des esclaves,
n'attend que le soc de la charrue et le bras
du laboureur.

Sa disparition de cette vaste plaine, voilà
ce qui fait sa tristesse habituelle, et, dans un
jour comme celui-ci, sa désolation.

A quelques milles de Rome, errent de
nombreux troupeaux, le plus souvent sans
autre garde que celle d'un chien, aussi redoutable, à tout autre qu'à son maître, que
le loup de nos contrées. Au delà, le désert
commence ; plus loin, la région des Marais-
Pontins, et le buffle seul roi de la solitude.

* *

En sortant de Rome , j'ai suivi la voie
Appienne, ouverte sous la République par le
censeur Appius Claudius, le même qui éleva
dans les airs le premier aqueduc romain. Il
ne songeait qu'à créer une route militaire
à travers le Latium pour conduire les lé-

gions de Rome à Capoue, à la Grande-
Grèce.

Sous l'Empire, cette route fut magnifiquement dallée ; elle devint alors aussi, la voie
des Tombeaux. Sur terre, de chaque côté de
la longue avenue, montaient les tombes fastueuses et les *Columbaria* destinés à recevoir,
dans des urnes, les cendres des serviteurs
intimes appartenant aux grandes familles
romaines. Sous terre, se cachait l'humble
sépulture : les *Catacombes*.

Il était défendu de brûler et d'enterrer
dans la ville les corps des morts. Son enceinte qui était aussi sacrée que ses temples,
ne pouvait enfermer que des choses pures.
Jules César osa, le premier, y préparer son
tombeau.

Cette exclusion tenait encore à la crainte
qu'avait Rome de ne plus s'appartenir. Dans
l'antiquité, la limite des propriétés profanes
et des propriétés sacrées fut d'abord mar-
quée par une tombe. Le terrain qui l'entourait était inviolable et inaliénable. La loi dit
expressément : « Celui qui creuse une fosse

doit laisser autour autant d'espace que la fosse est profonde. »

Il n'y avait donc pas moyen de tolérer les cimetières dans une ville de peu d'étendue et qui ne pouvait s'agrandir aisément, étant cernée par d'épaisses murailles. Dans ces limites étroites, la cité des vivants eût été bien vite engloutie par la cité des morts.

A ceux-ci, Rome donna, non pas un champ funèbre éloigné , isolé, mais tout autour d'elle, le bord des routes, des grandes avenues : la voie Appienne, la voie Latine et tant d'autres. C'était préserver les morts de l'oubli, les tenir toujours présents à la mémoire des hommes. La voie Appienne est peuplée de tombeaux.

Rome avait deux sortes de sépultures : héroïque, sacerdotale. Les héros, les vainqueurs, dans leur orgueil, veulent disparaître dans leur beauté entière. Pour eux s'allume le bûcher. Les vaincus, les esclaves, dans leur humilité, vont avant et après les héros; ils descendent aux Catacombes.

Cette ville souterraine qui, du centre de

Rome, rayonne à de grandes distances dans la campagne; cette cité des morts, comme celle des vivants qui est au-dessus, a ses rues, ses places, ses carrefours, ses maisons à plusieurs étages. Bien étroites, il est vrai. Un mort, en sa dernière demeure, tient peu de place, juste la mesure d'un cercueil.

Il fallait bien que tous y tinssent... Rome est un passage. Elle exerce sur l'humanité une terrible attraction. Indifférente à la vie, à la mort, elle voit passer et rit d'un rire tragique. Sous Romulus, — ce nom désigne toute une époque, — elle reçoit les brigands de la montagne; plus tard, les pèlerins du monde.

« Elle mâche le monde, » dit le vieux poète. Elle mâche, avale et vomit.

Où cacher cette immense déjection? Aux *arenariæ*[1], aux Latomies[2]. Elle en tire le

---

1. Carrières ouvertes par les Romains pour en tirer la *pouzzolane*. C'est un sable tout particulier qui servait à lier le mortier, à lui donner son indestructibilité.
2. Galeries souterraines larges, à l'ordinaire, de trois pieds à peine. Ces galeries devaient suivre le filon de la pierre qu'on tirait de là pour la construction des palais, des thermes et

ciment indestructible, la pierre pour l'édification de ses monuments, et comble la carrière d'hommes détruits.

Elle y enterre l'Italie, la Syrie, la Thrace, l'Illyrie, la Germanie. Chacun veut y mourir, Dieu lui-même.

Elle y cache les esclaves; ils meurent de misère et de vices. Elle y cache les pauvres : *Hoc miseræ plebi commune sepulcrum*[1].

Les chrétiens proscrits y viennent à leur tour. Deux martyrs y sont murés, puis tout un peuple. Mais non, cette fois, dans la promiscuité de la fosse commune. Chaque mort aura sa petite maison à part. Elles s'étagent en hauteur dans les parois de la roche, le long des voies souterraines[2]. Quand le mort

de tous les édifices de Rome, du moins pour leurs fondations.

1. *Dans ce tombeau commun à la misérable plèbe.*

2. Que la tombe fut creusée par les chrétiens dans la paroi de la roche, rien de mieux ; mais il est inadmissible, comme on l'a si souvent répété, qu'ils aient percé eux-mêmes, à travers la roche, les galeries souterraines où l'on retrouve leurs ossements. Non seulement de pareils travaux demandent une entière liberté d'action qui n'était point laissée aux adeptes du nouveau culte, mais pourquoi ouvrir des voies nouvelles lorsque les anciennes s'offraient toutes

était entré dans son étroite cellule, on en
refermait l'ouverture par une mince cloison.
C'était la joie des chrétiens que cette dignité
du sépulcre. Persécutés, outragés pendant
leur vie, ils avaient du moins le droit d'établir là leurs morts selon leur cœur. Petite
chapelle, petit tertre, pour s'agenouiller au
tombeau d'un enfant......

* *
*

Au IXᵉ siècle, l'Église ferme ses catacombes les plus révérées, celles où reposent ses
martyrs. Elle les dérobe ainsi à la profanation des barbares : Normands et Sarrasins
qui, périodiquement, viennent fondre sur

prêtes. Il était facile d'y creuser en une nuit plusieurs tombes.
C'était, à la venue des chrétiens, un usage déjà établi : Rome
enterrait là, on l'a vu, les esclaves, les pauvres, et sans doute
aussi, les milliers de morts que rejetait l'arène du Colisée.
Ce qu'on peut admettre, c'est que ce genre d'inhumation
s'étant généralisé, il fallut plus tard creuser de nouvelles
catacombes.

Lorsque ces cimetières souterrains seront tous connus, on
les datera par les médailles, les bijoux, les objets servant
aux usages domestiques qu'on ne manquera pas d'y trouver.

Mᵐᵉ J. M.

Rome. Mais jusqu'au xiiᵉ siècle, elle chérit ses ténébreuses hypogées; elle y vit autant qu'elle peut. Vers 1300, lorsqu'elle remonte au jour, le trésor inférieur est scellé, oublié.

Cela, jusqu'à l'éclatante lumière du xviᵉ siècle où Raphaël entr'ouvre le ciel et le referme. Après, jamais il ne parut plus sombre. Nous savons quels effroyables malheurs fondirent sur l'Italie. Toujours attachée au catholicisme, ébranlée de sa ruine, dans sa tristesse religieuse et sa tristesse nationale, le sac de Rome, l'Italie veut revoir ses catacombes.

Rome papale étant finie avec Sixte-Quint, un homme né d'une esclave africaine, Bosio, neveu de l'agent et historien de Malte, se démet de ses fonctions pour décrire *Rome souterraine*. Autorisé du gouvernement et des particuliers, il descend et rouvre la voie des tombeaux (1567-1600). Vingt ans, trente ans, il vivra sous la voie Appienne. Parfois, il restera huit jours sans remonter. Nouveau Pline, il a sacrifié sa vie. En tous sens, il y avait péril. Sur la tête, les tremblements de terre ; en bas, le dédale des rues souterraines où il pouvait facilement se perdre et mourir de faim. Dans l'air qu'il respirait, le poison ; à ses pieds, les vipères cachées dans la poussière des morts. La curiosité fut plus forte : art, humanité, christianisme, tout le tentait.

Il mourut sans achever, s'étant ruiné à faire de sa maison un musée qu'il léguait à la ville de Naples où il était né. Pour l'assister à ses derniers moments, aucun ami, rien qu'un domestique qu'il venait d'engager, c'est-à-dire, un homme quelconque. Les médecins avertis, arrivent, l'examinent, et durement le condamnent : « Il ne lui faut plus qu'un confesseur. » Le confesseur appelé ne vient pas... mais en était-il besoin pour celui qui ramenait à Dieu l'âme de tant de martyrs ?...

Aujourd'hui, au-dessus de ces voies ténébreuses de nouveau oubliées, circulent les voies vives et fraîches ; les eaux gazouillent sur la tête des morts.

A mesure qu'on avance dans la campagne de Rome, l'art semble s'évaporer, les ruines deviennent de plus en plus rares.

Ici, comme au désert d'Afrique, le sable, ce grand ensevelisseur, a fait aussi, à la longue, son œuvre funèbre. Mis sans cesse en mouvement par les vents qui se disputent la plaine : Sirocco et Tramontane, il a marché sur Rome, et tout recouvert, sur sa route, de son pesant linceul.

Il faudra que d'autres Bosio viennent et qu'ils reprennent sa tâche en l'élargissant. Rome ne fut pas grande seulement par ce qui est resté visible de ses monuments. Nous savons qu'elle l'est bien plus par ce qui est au fond, caché, perdu.

Les Grecs, fils du jour, ont travaillé sur terre ; les Étrusques et les Romains, dessous. Malgré tout ce que les hommes et la Nature ont pu détruire, ce qu'on retrouvera sous terre dépassera toute attente.

Vision fantastique, mais déjà prédite..... Vous la trouverez dans l'œuvre de ce grand, ce sublime artiste : Piranesi ; dans ses admirables eaux-fortes où il a mis son âme à la veille de la Révolution, le rêve de l'Italie.

D'abord vous croirez ne voir que des révolutions de pierres qui se battent et font ruines sur ruines, et tombeaux sur tombeaux.

Ah ! c'est bien autre chose !... Voyant et prophète, ses yeux ont contemplé, dans son horreur sublime, cette Rome que nous ne voyons plus : *Roma sotterranea.*

Ici, nous sommes dans une rue des Catacombes où l'on voit la chambre sépulcrale d'un empereur et tout un peuple rangé dans des cases.

Là-bas, des prisons mamertines. Au dehors, les gaietés du soleil italien ; au dedans, la nuit s'éclairant, on ne sait par où, de funèbres lueurs. — Les instruments des supplices y sont encore : chaînes, cordes, poulies, machines à tortures, barrières formidables... Pour gardiens, des monstres colossaux.

Ailleurs, ce sont les ruines après la guerre

des hommes, et la guerre entre les éléments.
Monstrueux chaos! Une ville, une Sodôme
frappée de la colère des dieux. Elle gît sous
l'écroulement de ses palais de marbre, de
ses temples... sous l'écrasement d'une montagne disloquée, précipitée en bas, par les
tremblements de terre..... Des macarons
énormes, dans un mouvement violent de
terreur ou de colère, mordent de toutes leurs
dents des anneaux de bronze.

Partout le vertige. Vous allez en haut sans
monter; en bas, sans descendre. Des ponts
mènent au vide, des escaliers fantastiques à
l'abîme. Contre toutes les lois du rayonne-
ment de la lumière, la nuit est en haut, le
jour en bas. Au milieu de ces précipices intérieurs qui ne vous donnent que la vision
du néant, des tours sans base, sans appui,
tiennent debout : piliers fanaux, et trophées
triomphants.

Mais voici que plus bas encore, des corri-
dors s'enfoncent, basses et sombres case-
mates où l'on chemine entre deux rangs de
morts. Dieu veuille que ce ne soit que la

mort, le repos, le silence... Mais si la dent des vers troublait encore la paix du sépulcre?.....

Au loin, sur la campagne, passent des aqueducs où coulent, à petit bruit, les grandes eaux pour les peuples qui ne sont plus.

On le voit, il n'est pas besoin d'exhumer. Nous l'avons sous nos yeux cette Rome du dessous, récréée par l'art captif des terreurs souterraines. Je vois, mêlées aux ruines, des sculptures qui retiendraient dix ans un pauvre artiste prisonnier.

Piranesi lui-même a subi le fatal enchantement. Il veut remonter, ne peut.

Ah! si cette ville des morts se serrant de plus en plus, et se voûtant par en haut, allait devenir une éternelle prison! Les monuments pèsent, la voie ténébreuse se resserre et se comble... Fuyez captifs, fuyez!

La poitrine s'oppresse, on sent que l'air va manquer, l'air et la vie... Mais c'en est fait, on ne respire plus...

XVI

MISSION DE ROME DANS L'HUMANITÉ

XIV

MISSION DE ROME DANS L'HUMANITÉ

J'ai voulu revoir mes empereurs romains.
Depuis leur apparition mystérieuse dans la
nuit du Colisée, j'errais à travers les ruines,
inquiet, troublé, me reprochant la trop
courte visite que je leur avais faite au musée
du Vatican. Je les revoyais tous, en esprit,
et il me semblait que plusieurs auraient eu
quelque chose à dire à ce jeune homme,
qui venait là, plein de respect pour la grandeur du passé [1].

1. En 1830, Michelet se préparait à écrire l'histoire de la
République romaine et celle des Empereurs. C'était une
introduction naturelle à l'Histoire de France.

Qui sait?... Des réclamations, un appel à la justice éternelle contre la rigueur des jugements de leurs contemporains ; peut-être même, contre les historiens de notre époque, trop peu informée encore.

Si chaque arbre se juge à ses fruits, on peut affirmer qu'un gouvernement qui a donné les lois dont le monde vit depuis deux mille ans, ce gouvernement, pris dans son ensemble, restera, malgré les Caligula, les Néron, les Caracalla et autres fous sanguinaires, un bienfait pour l'humanité.

*

* *

Me voici donc de nouveau en présence de ces pâles visages et je les vois presque tous marqués d'un signe tragique. Le mot aussi douloureux que profond de Titus aux conjurés qui en voulaient à sa vie, semble errer sur toutes ces bouches muettes : « Malheureux, vous ne savez donc pas que c'est la fatalité qui fait les princes ! »

Rien n'était plus vrai pour Rome, où il

n'y avait point de filiation, de descendance
directes. Le fils ne succédait pas à son père.
Chaque nouveau César était l'élu, non du
peuple, mais de l'armée : légions ou préto-
riens, et son titre était viager.

Je sais bien qu'une fois choisi, il était
l'État, il était la Loi, le Pontife et presque le
Dieu de la religion. Dès lors, sa personne devenait inviolable et sacrée. Inviolabilité plus
apparente que réelle. La plupart de ces
princes, au bout de quelques années, le plus
souvent de quelques mois de règne, sont
renversés, massacrés par ceux mêmes qui
leur ont donné le pouvoir.

On voit des Empereurs ne pas attendre le
fer homicide. Ils se souviennent du poignard
de Brutus.

*
* ﹁

Quelle vision et quel cours d'histoire c'eût
été pour tous les visiteurs de Rome, si l'on
eût fait planer sur l'une des sept collines
tous ces Césars!... Je les voudrais, non pas
revêtus uniformément de la toge ou de la

tunique romaine qui ne devait guère convenir à ces barbares, mais dans le costume de leur nation, ou bien encore, dans celui qu'ils adoptaient, qui leur était familier. Par exemple, Caligula, dans la capote d'un soldat d'infanterie, chaussé de la *caliga*, sandale qui laissait le pied libre et agile pour les longues marches. Caracalla, né à Lyon, enveloppé de la *caracalle*, ample, longue et chaude houppelande à capuchon, si bien appropriée aux brouillards de la Saône et du Rhône.

Je ne puis voir le gras Vitellius, ce gros mangeur toujours ivre, que dans le débraillé de la vie des camps. Sa gloutonnerie l'adjuge encore aux cuisines.

Quel contraste avec le jeune, le joli, l'efféminé Hélagabale, dans sa robe syrienne, le front couronné de fleurs....

Trajan, Aurélien, Probus, toujours en marche pour faire face aux barbares et conserver à l'Empire son intégrité, n'eurent guère le temps de revêtir la toge. C'étaient de durs soldats.

ˋAuguste et Marc-Aurèle, deux lettrés, m'apparaissent assis sur leur chaise curule, le premier, occupé à lire dans le silence et le recueillement de la bibliothèque palatine; le second, écrivant ses *Mémoires* à la lampe. Il y consacrait la moitié de ses nuits.

Dioclétien et Constantin seraient à part, le front ceint du diadème des rois d'Asie. Ce sont les fondateurs de l'empire d'Orient.

* *

Si du moins, au lieu de disperser tous ces empereurs, sans aucun ordre chronologique, on les eût groupés par siècle, cela seul illuminerait l'histoire. Évidemment ceux qui ont classé ce musée ne se sont pas souvenus qu'ici chaque siècle répond à une dynastie de race. Au premier siècle, d'Auguste à Néron, l'Empire n'est gouverné que par des Italiens. Au second siècle, apparaît la dynastie espagnole et gauloise. C'est le règne des Antonius, et l'*âge d'or* de l'Empire. Il est vrai que la tâche de ces empereurs était facile, venant après les Tibère, les Vespasien[1].... N'importe, le siècle qui donna au monde Trajan, Adrien, Marc-Aurèle, ce siècle reste grand. Commode, malheureusement, le ferme d'une façon lamentable. Dissolu comme sa mère Faustine, bassement cruel, avec des instincts de boucher et la soif du sang, il parodiait Hercule, s'armait d'une massue pour abattre, non pas l'hydre de Lerne, mais de malheureux captifs désarmés. Sa punition fut de trouver la mort sur le théâtre même de ses sinistres exploits, dans l'arène du Colisée.

Ces débordements étaient inévitables. La puissance sans bornes, donnée à des barbares, devait produire des fous, des monstres gonflés d'orgueil jusqu'au vertige, jusqu'au crime. Ajoutez l'intempérance habituelle, l'ivresse du vin... C'est ainsi que la pourpre impériale fut trop souvent déshonorée.

Mais revenons à notre musée. Les princes

---

1. Voir l'appendice : *Les Césars.*

syriens ouvriraient le troisième siècle que fermeraient les Goths, les Illyriens, etc.

Si nous avions ainsi groupées, sous nos yeux, ces races si diverses, leurs physionomies parlantes suffiraient déjà pour nous apprendre quel fut le don, heureux ou fatal, que chacune d'elle vint faire à l'Empire.

Ce qu'on peut affirmer hardiment, c'est que des races appartenant à des régions si opposées, et d'un génie si différent, durent préparer, dans son sein, la fusion des idées sociales, religieuses, mais fatalement, aussi, sa dissolution.

Ces mots : Empire, Royaume apportent toujours à l'esprit une idée de concentration, d'unité. Lorsqu'on dit : le royaume de France, on a le sentiment d'une individualité forte, on croit voir une personne. Il en est de même de l'Italie si parfaitement homogène. Des pays aussi heureusement organisés par la nature sont faits pour durer dans leur intégrité.

L'Empire romain fut tout autre chose. Ce fut l'empire du monde, le résumé de cent nations. C'était, pour chacune de ces provinces nouvelles que s'annexait Rome, une tentation permanente d'y entrer, de mettre sur le trône, à son tour, un représentant. Toutes les nations ont caressé ce rêve de s'asseoir sur la chaise curule des Empereurs.

Mais un empire qui s'agrandit toujours doit nécessairement s'affaiblir. La concentration seule fait la force. Vouloir être l'univers, c'est se préparer à rentrer dans le néant.

Un autre élément de dissolution, c'étaient ces *voies romaines* ouvertes, de tous côtés, pour le transport des légions jusqu'aux extrémités de l'Empire.

Lorsque Constantin, abandonnant Rome, s'en va fonder à Byzance l'empire d'Orient, à ce même moment, les barbares du Nord, se disant enfants de l'Asie par leurs aïeux, s'engagent dans ces mêmes voies ouvertes pour les combattre. Ils descendent au Midi, et viennent chercher leur patrie lointaine dans l'empire d'Occident, dans Rome.

Il n'est pas sans intérêt de savoir quel siècle et quelle dynastie préparèrent la fusion des idées religieuses dans la cité qui devait être, un jour, la capitale du monde chrétien. Le siècle fut le troisième, et la dynastie, celle de la race syrienne.

Un jeune enfant tenu caché par son aïeule, dans un temple d'Émèse, le temple du Soleil dont il était déjà le grand-prêtre, Hélagabale, un jour se voit proclamé Empereur par les légions. Elles l'amènent à Rome. Il y entre et la religion syrienne avec lui.

Comme toutes les religions de l'Orient, nées, la plupart, du cœur de la femme, celle-ci repose sur l'idée d'un dieu mort et ressuscité. C'est aussi l'idée chrétienne. Il est donc bien vrai de dire que la religion phénicienne préparait la venue du christianisme.

Alexandre Sévère, cousin d'Hélagabale et qui lui succéda, eût voulu ne faire qu'une seule religion de toutes celles qui existaient déjà dans l'Orient. Il plaça donc dans un

même temple l'image de ceux qui les avaient ·
fondées : Orphée, Abraham, Jésus-Christ.

Tentative prématurée. Les dieux du paganisme, mêlés depuis des siècles à la vie du monde, résistèrent d'autant plus, que les durs Romains n'étaient pas faits pour comprendre le sens tendre et profond des religions de l'Orient. Ils n'en voyaient que les dehors, ils les jugeaient d'après les hommes qui en étaient les représentants. Ces rudes soldats, — ceux qui n'étaient pas allés combattre en Asie, — avaient en horreur les coutumes et la mollesse syriennes.

Comme tant d'autres empereurs, Hélagabale et Alexandre, qui certes valait beaucoup mieux, périrent de mort violente.

Et cependant, le grain est tombé dans le sillon, il y sera couvé, il germera, croîtra, et lentement mûrira.

Son fruit fécond tombe pour le monde, sous Constantin, à un siècle de distance.

Mais cette fois encore, Rome ne sera pas préparée à devenir la capitale du monde

chrétien. Il faudra que le christianisme
retourne d'abord à son berceau, non pas dans
la triste et solitaire Judée, mais au lieu le
plus favorable à son expansion. Ce point privilégié de l'espace, entre deux mers, à la
limite de l'Europe et de l'Asie, c'est la position de Constantinople.

* *
*

Quelle fut donc alors, me direz-vous, la
mission de Rome?

Sa mission, ce fut d'établir l'universalité
du droit. Le guerrier romain ne s'était cru
d'abord appelé qu'à gouverner, par la force
du pouvoir militaire, le monde sur lequel il
régnait. Illusion de peu de durée. Lorsqu'il
eut à conduire cette vaste machine, ce
colossal empire qui était sa conquête, sur
lequel se heurtaient, se combattaient les
intérêts opposés de cent nations, ce conquérant se trouva être, avant tout, un administrateur, un légiste.

Une grande école de jurisprudence avait

été fondée à Rome, plus de quatre cents ans avant Jésus-Christ, par le décemvir Appius. Tibère fut son continuateur.

Ce qui frappe, c'est que la plus haute perfection du droit est atteinte sous les pires empereurs. En face de la violence animale d'un tyran, un autre tyran se dresse, celui-ci armé de la puissance invincible de la loi. Papinien, dans le palais même de Caracalla, et sous ses yeux, travaille à formuler la loi qui va servir à réfréner, museler la bête féroce toujours prête à se ruer sur le monde. Ulpien gouverne sous Hélagabale.

Ainsi de l'excès d'un mal temporaire, sortiront des remèdes durables.

J'aurais aimé à voir, dans mon musée capitolin, auprès des Empereurs, ces grands jurisconsultes qui resteront la gloire de l'Empire romain. Ils ne sauvaient pas seulement celui-ci, ils sauvaient encore le monde à venir. L'ensemble des lois qui compose leur *Code*, nous gouverne, en effet, depuis deux mille ans. La forme a pu changer, mais non pas le fond. Il reste immuable, parce qu'il repose sur un principe éternel, celui de l'égalité entre les hommes, et aussi, sur une idée de justice impartiale.

C'est le fond même de Dieu.

Voilà, bien définie, la mission de Rome : Établir l'universalité du droit, au profit de tous les âges de l'humanité.

XVII

BOLOGNE

XVII

BOLOGNE

Cette après-midi j'ai quitté Rome, heureux presque d'avoir échappé à sa troublante fascination. Nous déroulons les premières pentes de l'Apennin, douces et ondulées. De temps en temps surgissent des pics qui semblent des pierres miliaires, sur cette route du genre humain.

Le pin solennel aussi, se dresse. Il vous avertit que vous n'êtes pas dans le Midi encore. Pins sombres et pâles oliviers... Ils vont bien à cette terre des tombeaux. C'est le soir. Derrière les montagnes noires qui sont tout près de nous, apparaissent des

sommets bleuâtres que recouvrent les chênes
et les châtaigniers. Plus loin, plus haut, de
blanches cimes se détachent, éclairées par
les derniers rayons du soleil. Ainsi de l'Italie.
Elle devient plus lumineuse en reculant du
sombre présent, au second plan du moyen
âge, et au lointain de l'antiquité.

Ces hautes montagnes qui se dressent, et
de leur profil sévère encadrent si bien l'horizon, sont en dessous la charpente colossale
qui soutient, entre deux mers, l'Italie. Les
pics de l'Apennin, tels que je les ai vus jusqu'ici, sont rarement arrondis, mais plutôt
doucement modelés au sommet, comme par
la main d'un artiste. Parfois, cependant, des
monts nus, labourés par la chute des torrents, affectent des formes bizarres. Près
de Foligno, la montagne s'allonge en tête
d'éléphant armée de sa trompe. Plus loin,
après Nocera, des bancs entiers viennent
transversalement à notre rencontre et nous
menacent.

A Spoletto, de la chaîne ondulée, une
montagne solitaire jaillit en pic, dardant au

ciel sa pointe acérée. C'est du Piranesi dans
le colossal.

En avançant, je retrouve, sur cette vieille
terre italique, la même tristesse que dans la
campagne de Rome. Partout des ruines, mais
celles-ci, toutes modernes, et sans grandeur.
Parfois, la nature vous console par une oasis
de verdure ; mais le plus souvent, le paysage
est nu et désert. A l'horizon, des aqueducs
rompus ; sur le bord de la route, des fermes
inhabitées. Elles ont imité, dans leurs formes,
les fermes monumentales du Latium. C'est
une maison carrée, large en bas, et s'entou-
rant de portiques. Au-dessus, une maison
plus petite. Le paysan du Midi aime à travailler en plein air. Mais dans ces contrées
orageuses où les pluies sont des trombes,
où le soleil, l'été, est brûlant, il faut bien
que le laboureur se ménage un abri. Il le
trouve pour lui, pour les siens, pour ses serviteurs même, sous ces arcades aériennes.
A côté, la grange enveloppée d'un simple
treillage. L'air passe au travers, il circule
en dedans, et préserve le grain, les four-

rages de la fermentation. C'est une espèce
de *nubilarium*[1].

Ces fermes inhabitées révèlent au voyageur les misères de l'Italie. Par les grandes
fenêtres ouvertes, d'un effet fantastique aux
heures indécises où ces intérieurs vides
s'éclairent de pâles lueurs, la chauve-souris,
en quête de sa nourriture, entre et sort libre-
ment. Elle occupe, avec ses petits, la place
de l'hôte qui, le soir, ne revient plus.

* *
*

En Italie, la courbe domine. Sur les toits
plats, en terrasse, la tuile arrondie ménage,
entre chaque rangée, un petit canal pour le
drainage rapide des lourdes averses. Dans
nos pays du Nord, c'est l'angle qui prévaut.
Les toits sont pointus, les tuiles et les ardoises
plates, pour faciliter la chute des neiges.

---

1. Le « nubilarium » (de nubes, nuage, ondée) était un
hangar ouvert d'un côté, où l'on mettait les gerbes à l'abri
avant de les battre sur l'*area* qui était en plein air. Le nubilarium servait aussi à abriter le grain battu en cas d'orage.

Que de pensées je roule en moi sur cette longue route ! Nous mettons toute une nuit, tout un jour, et une nuit encore, pour atteindre le duché d'Urbino, patrie de Raphaël. A minuit, nos chevaux, que le postillon somnolent laissait cheminer à leur guise, sont vigoureusement relancés. Nous allons traverser Borghetto infestée par la *malaria*. La tête s'en ressent ; elle est chargée d'un peu de fièvre.

... Mais voici l'aube. Cette fois, le soleil se lève sur la Grèce ! Beaucoup de madones, mais plus d'oliviers. Nous sommes en Romagne. L'aspect seul de la végétation indique un climat sévère.

Tout à coup l'Adriatique !

La mer semble ceindre l'horizon. De loin, ce n'est qu'une ceinture d'un bleu d'azur gracieusement ondulée. De près, c'est une mer frémissante.... Image de l'Italie.

Ravenne où nous sommes, et Césène, Forli, Faenza, sont les sombres villes du carbonarisme. Jusqu'à Césène qui a produit une population des plus énergiques, notre voiture

16.

avait marché sans escorte. De Césène à Bo
logne, on nous donne des gardes.

*
* *

… Enfin, au bout de deux jours et trois
nuits, nous arrivons à Bologne !

Après quelques heures de repos, je me
lance à travers les rues, et seul, sans guide,
la ville étant à peine éveillée, j'en ai la première impression.

Le voyageur qui vient du Nord trouve ici,
même avant Rome, le salut de l'antique
Italie. Elle aussi, la vieille cité étrusque, a
vu passer le monde et sa mère l'Italie des
grands hommes. Leurs innombrables blasons
couvrent les murs de sa vénérable Université. Fondée par Théodose II, saccagée par
les barbares, elle fut relevée par Charle-
magne. On n'entre que la tête découverte
dans cette sombre salle, toute en cèdre du
Liban, où se fit la première dissection, où
les femmes ont enseigné. Au xive siècle,
Novella qui remplaçait son père malade et

ne parlait à ses auditeurs que voilée. Au
dernier siècle, Clotilde Tambroni. Elle enseignait à ces jeunes hommes, avides de savoir,
la belle langue de l'Orient, le grec.

Bologne serait aussi le saint des saints, si la
trace de son passé restait dans ses monuments. Hélas! la plupart ont été refaits. Je
remarque pourtant une chose fort à l'honneur des Bolonais. Les morts révérés du
moyen âge ont été gardés sur terre et même
au-dessus. Ils planent au milieu des places
publiques, dans leurs cercueils de pierre
portés sur de hautes colonnes. Vivant exemple pour le peuple.

La pluie, le soleil, la guerre incessante que
les éléments font à nos œuvres humaines, ont
rongé ces sarcophages. Ils n'en sont que plus
vénérables. Je lis sur le cercueil d'un magistrat : 1200[1]! A côté, un astronome. Ici, point
de croix. « C'est, dit la légende, qu'elle n'a
jamais voulu y tenir. » Toujours la condam-
nation de Galilée.

1. Sans doute celui de Rolandino Passagieri.

Sur cette même place, *San Dominico*, mais dans l'église, le tombeau de saint Dominique, le fondateur de l'ordre des Dominicains. Ce voisinage fait bien songer... La chapelle qui enferme les restes du saint est d'une richesse inouïe.

La vie et son animation s'est retirée de ce quartier excentrique. Elle est toute, aujourd'hui, au centre de Bologne, sur cette place où ont monté les deux tours de l'orgueil, dont parle le Dante : la *Garisenda* et l'*Asinelli*. On dirait un pari fait entre les deux communes rivales. Laquelle monterait plus haut en face de l'ennemie ?

Combien je préfère ma tour penchée de Pise, si noble dans sa solitude, si touchante dans la blancheur de ses marbres. Celles-ci sont toutes rouges.

Tournons-nous plutôt vers la véritable antiquité, vers San-Stefano. Ses sept églises souterraines, catacombes sur catacombes, nous en donneront la saisissante vision. Aujourd'hui dimanche, l'église est pleine de femmes que troublent ces ténèbres. Toutes à genoux, en prière..... Mais c'est plutôt un halètement, mêlé de soupirs profonds.

*
* *

La moitié de la ville s'enveloppe de portiques, maternel abri pour les dix mille étudiants qu'attirait, jadis, dans son sein, la savante Bologne. Ils y venaient de tous les coins du monde. Leur nombre est grand encore. La saison n'étant pas assez avancée pour leur donner l'envie de courir les champs, ils errent sous ces arcades dans ce jour férié, et j'étudie, au passage, leurs physionomies variées, parlantes : beaucoup de Piémontais, Celtes trempés des Alpes ; de Romagnols, Celtes durcis par le soleil. Le Piémont, le Milanais, les Romagnes sont Celtes, mais de souches différentes. Venise, capitale maritime de la Lombardie, est asiatique. Bologne, un peu grasse et pesante réfléchie, mêle à l'amour du plaisir, la bonté.

Dans l'âpre Romagne, nous trouverons la spontanéité. Ce sont gens de tête et de main.

Sans distraction, ils lisent, pensent et veulent le même objet. Le comte Fabri de Césène, reste en prison plutôt que de se soumettre au pape[1]. Vrai stoïcien.

*
* *

Je regarde, j'étudie, j'écoute. Je cherche à saisir, avec l'aide des hommes marquants auxquels je suis recommandé[2], la nature d'esprit de ce pays bolonais. Trois frères, les Zanoni, furent, à Bologne, les restaurateurs de sa littérature, comme les Carraches l'ont été de sa peinture. La littérature bolonaise, née depuis un siècle à peine, a la grâce naïve de notre littérature française au moyen âge.

En peinture, l'École est un heureux éclec-

---

1. Les Romagnes, en 1830, dépendaient des États de l'Église. Le comte Fabri était un révolté politique.

2. Ces Italiens étaient principalement : Mezzofante, conservateur de la bibliothèque de l'Université, tout occupé des dialectes italiens fort nombreux au Nord et au Midi. Puis, le comte Orioli, de Viterbe, très instruit et grand admirateur de Cousin qu'il trouvait pourtant trop idéaliste. Nommons encore le comte Pepoli, chargé de la bibliothèque de la Ville et du service des prisons. Mᵐᵉ J. M.

tisme. Moins de coloris qu'à Venise, de dessin qu'à Florence, mais parfois, malgré la recherche qu'on lui reproche, un retour au bon goût, au naturel, après une époque de dépravation.

La gloire de Ludovic Carrache, — l'un des fondateurs de cette École, — c'est d'avoir fait des élèves non seulement différents de lui, mais les uns des autres, et des maîtres anciens : Le Guide, la beauté dans la pâleur ; Albano, la grâce ; Dominiquin, la passion. Guerchin, la science du clair obscur. Chacun de ces dons fut tout à fait personnel.

Que furent encore les maîtres de ces grands artistes ? Vous le saurez mieux, lorsque je pourrai vous faire la description du palais Farnèse à Rome. Là, triomphe Annibal Carrache. Ici, son frère Augustin. Toutes les séductions de la couleur dans son *Assomption*. La Vierge, suave et divine, reste pourtant humaine. C'est là ce qui touche.

Et le saint Gérôme ! Il n'est pas besoin de lui donner la communion. Dieu est en lui déjà, et le pénètre à des profondeurs infinies. On le sent, on le voit, à l'effusion du regard. L'âme s'y fond tout entière, et dans quelle douceur ! Pâle, pâle visage !... C'est déjà l'évanouissement dans la vie d'au delà... Mais qu'il doit être bon de l'entrevoir ainsi.

J'ai bien moins aimé la sainte Cécile de Raphaël, pourtant si vantée. La figure de la sainte est toute terrestre ; un modèle visiblement. Est-il bien sûr qu'elle entende les voix de l'esprit?... Celui qui les entend, c'est ce jeune homme qui est derrière et les écoute en elle. Regard ardent et tendre, bouche émue, frémissante du souffle intérieur... Entendre par une autre âme, cela, on le voit, le ravit bien plus que tout ce qui pourrait lui venir directement du ciel.

A côté, un homme en vert, recueilli, le menton dans la main, le bras appuyé sur la grande épée comme le saint Paul d'Albert Durer. Celui-ci a vécu, et l'on sent bien qu'il n'écoute plus que la voix du passé, celle que nous n'entendons que trop au milieu du chemin de la vie : *Nel mezzo camino della vità*. Vie chaude pourtant et puissante, qui pourrait encore se doubler.

A l'autre coin du tableau, deux personnages hors de l'action : un évêque et une jeune femme qui regarde le public, et semble poser pour la beauté plastique. Détachée et mise à part, dans un cadre, elle ferait un délicieux portrait. Au milieu de tous ces personnages, on a pourtant l'impression d'un grand silence. Il permet d'entendre les voix d'en haut, et plus encore celles du cœur.

*
* *

... Ce soir, le comte Pepoli m'a conduit à la *Certosa*. C'est le Campo Santo de Bologne, bien inférieur à celui de Pise. A l'exception de quelques sarcophages antiques, enlevés aux églises, aux places publiques, c'est un cimetière tout moderne. Mais en dessous, comme sur tant d'autres points de l'Italie, se retrouve la véritable antiquité : le cimetière étrusque. Dans la mort comme dans la vie, ce peuple pélasge a toujours eu l'amour

des lieux élevés. La *Certosa* est assise sur
l'une des belles collines qui dominent Bologne.

Les riches s'enferment dans leurs sarcophages ou se font inhumer dans les parois de
l'épaisse muraille qui entoure le cimetière.

Ce sont des catacombes en plein air, en
pleine lumière. Son acuité vous darde et
vous pénètre. Tous ces morts doivent en être
réjouis.

Mais les pauvres, où vont-ils?... Dans la
terre. C'est bien. J'y rentrerai volontiers.
Mais pourquoi la municipalité, ou l'église,
leur refuse-t-elle, ici, cette chose douce et
consolante de pouvoir reposer ensemble, en
famille? Le champ funèbre divisé en quatre
carrés, assigne à chaque sexe sa place. Ici
les hommes et là les femmes. Les petits
enfants même, les frères et les sœurs, ne
seront point réunis pour se rassurer dans les
ténèbres. Chose cruelle!... d'un côté les
garçons, de l'autre les filles.

La nature, dans sa brutale impartialité,
semble pourtant plus humaine. Tous les dix

ans elle les exhume, et les jette tous au même charnier.

L'Italie paraît avoir une grande terreur de la mort. Les enterrements se font presque tous le soir ou à l'aube. La famille n'assiste que rarement aux funérailles. Elle en remet le soin à l'une des nombreuses confréries de la ville. Tous ces pénitents vêtus de la longue robe ecclésiastique, grise, brune ou verte, selon l'ordre auquel ils appartiennent, ont, dans l'exercice de leurs fonctions, la tête et le visage cachés sous le capuchon pointu : la *cagoule*. Deux trous noirs indiquent la place des yeux. Cela, déjà, est d'un effet funèbre. Ajoutez les chants caverneux sous le masque, et, dans la nuit, les rouges lueurs des flambeaux violemment agités par la marche du convoi que conduisent, au pas accéléré, ces sinistres croque-morts.

Si pressés qu'ils soient, il ne se livrent pas moins à de facétieuses pantomimes, comme de lever la cagoule, de la faire retomber brusquement, pour la relever encore, et grimacer de manière à se rendre effrayants aux femmes qui, de leurs fenêtres, les regardent passer. Ainsi, une scène de deuil et de recueillement religieux est changée en une sorte de carnaval de la mort [1].

Ces licences choquantes sont favorisées par l'absence de la famille. A l'ordinaire, un seul parent du défunt ou un ami l'accompagne pour constater l'inhumation.

Que tout cela ressemble peu à la France, à notre Paris surtout, si tendre pour ses morts, d'un souvenir si fidèle!...

Cette fidélité a créé, à la longue, une religion aussi moralisante que touchante: la religion des tombeaux.

---

1. Ceci a été écrit en 1830. J'ai vu à Pise, récemment, une scène à peu près identique pour l'irrévérence. Il était cinq heures du matin, en avril. Le mort, sans doute un pauvre diable, s'en allait fort lestement à sa dernière demeure. Avant d'en prendre possession, il devait passer par l'église. De ma fenêtre, j'avais vu venir, le long de l'Arno, le convoi. Lorsque les gens de la confrérie furent tout près et qu'ils m'aperçurent, ils se livrèrent à ces gestes lugubrement facétieux dont parle Michelet. Ce ne fut pas tout. Au moment d'entrer dans la petite église de la *Via Santa Maria* qui mène au Campo Santo, voilà mes porteurs qui se déchargent de leur mort, et, sans façon, le mettent, malgré la pluie, au beau milieu de la rue. Cela fait, ils s'en vont, riant et folâtrant, se rafraîchir au cabaret.   Mme J. M.

XVIII

MILAN

XVIII

MILAN

Celui qui veut avoir une initiation progressive de l'Italie, doit descendre de Milan à Florence pour aller à Rome. J'ai dû faire l'inverse, et me voici à l'entrée de la plaine lombarde, fraîche oasis de verdure sous le regard sourcilleux des monts.

C'est le moment de l'année où les Italiens voyagent pour leurs affaires. Notre diligence regorge. Les hommes, ici, ne se cachent point d'avoir peur. Un bourgeois de Plaisance, au passage d'un pont mal assuré, témoigne plus de frayeur que n'oserait le faire, chez nous, une femme.

Un beau capucin s'en allant prêcher à Parme, parle et agit en maître. Il défend que l'on fume.

Nous arrivons à Modène, et je cours au musée. Pas un Corrège! Cette ville paraît n'être plus que le point central et insignifiant entre Bologne et Milan. La jolie petite Reggio vouée, ce semble, au commerce, est bien plus amusante. Elle prépare un de ses grands marchés annuels avec beaucoup d'entrain. Force tailleurs. Ils ont ici leur métropole.

Sur la route, s'échelonnent de beaux jardins encadrés par l'amphithéâtre des Alpes. Les rizières lombardes commencent. Mais sommes-nous toujours en Italie? Les femmes, très gracieuses, portent toutes le voile noir espagnol.

★
★ ★

Si l'on trouve encore des Corrège à Parme, c'est qu'on n'a pu les arracher de la coupole des églises. Malheureusement, ces fresques ont beaucoup souffert de l'humidité et la nuit vient. Tout est déjà noyé dans l'ombre, le dessin et le coloris.

Sans emploi de mon temps, — nous ne repartirons qu'à minuit, — j'erre tristement jusque-là, de la promenade aux cabinets de lecture, au théâtre, magnifique et désert. Les rues, d'une largeur immense, semblent ouvertes pour recevoir les flots pressés d'un grand peuple, et je n'y trouve, également, que le vide, le silence. Dans une telle solitude, on s'étonne de rencontrer à chaque pas des boutiques de confiseurs. Toutes ces sucreries parées de rubans qui furent jadis, bleus ou roses, ont pour amateurs, du printemps à l'automne, des milliers de mouches. Elles remplacent l'acheteur qui ne vient pas[1].

A Plaisance, je n'ai qu'un instant pour voir les deux Farnèse sur leurs lourds chevaux de bronze. Hélas! il me faut voir aussi les canons autrichiens.

1. Michelet, en parlant à son élève de Parme et du paysage, ne se doutait guère qu'elle y passerait vingt ans de sa vie, comme duchesse de Parme, et que le duc, son époux, aurait la même fin tragique que son père, qu'il serait assassiné.

De Bologne à Parme, traversant ce pays
indécis, plat et charmant, avec ses vignes
en guirlandes, j'ai senti combien est faux
pour le Corrège, le mot : *École lombarde.*
C'est le pays de l'Arioste. Rien qui rappelle
le *Sorrente* de Dante, les lions de Médicis,
le violent génie de Brescia. Il y aurait un
livre à faire, ici, avec Virgile et Catulle.
Ceux-ci ne sont ni Grecs, ni Florentins, ni
Lombards. Ce sont de vrais Italiens.

Il y a d'ailleurs une autre raison, pour que
Corrège et Michel-Ange n'aient pu être les
maîtres d'une véritable école. La grâce et le
sublime ne s'imitent pas, comme le coloris
et le dessin. Raphaël a peint, avant tout, la
beauté des corps ; le Corrège, celle de
l'âme, la grâce, la vivacité du mouvement.
Il s'entourait d'enfants de trois à six ans, les
étudiait.

Si l'un des éléments de la grâce est l'indécision, elle doit être le privilège d'un peuple
qui vit sous un climat mixte. La Lombardie
est connue pour son humidité chaude. Pays

de rizières où flottent la fièvre et le rêve.

Vous entrez aussi dans la région des vertes et riches prairies dont la fraîcheur est entretenue par d'abondantes rosées nocturnes.

Pline les oppose aux pâturages altérés du midi de l'Italie. « En Lombardie, dit-il, le faucheur n'a qu'une faulx ; il néglige les petites herbes. Chez nous, au contraire, il a deux faulx, une dans chaque main. La plus petite lui sert à poursuivre les moindres brins qui ont pu échapper au tranchant de la grande faulx. Il porte, attachée à sa jambe, une bouteille d'huile qui lui sert à arroser la pierre sur laquelle il aiguise, à chaque instant, la lame émoussée par le contact d'une herbe sèche et coupante. »

Cette humide Lombardie où la richesse de l'art s'allie à l'originalité pittoresque, — où l'art se montre, dans toute sa grandeur, au milieu de la plus belle nature; — où l'œil peut apercevoir, en même temps, les neiges de l'Apennin et les statues de la cathédrale de Milan; — ce pays privilégié qui ne connaît ni le pesant sirocco, ni l'âpre tramon-

tane; — cette verte plaine lombarde, riche
de fleurs, de moissons et de fruits, apparaît
au voyageur qui la traverse, le paradis de la
paix. La grandeur triste et sévère des montagnes qui cernent l'horizon ajoutent encore
à la beauté du paysage. Le Poussin a su
tirer un merveilleux parti des effets de ce
contraste.

*
* *

A six heures du soir nous entrons dans
Milan et je cours chez Manzoni. Déception.
Il est sorti.... Ce matin, j'y retourne dès la
première heure : il est à la messe... J'ai
été plus heureux tantôt. Il a témoigné de la
joie à me voir, et m'a retenu à dîner au
milieu de sa nombreuse famille.

Nous ne sommes pourtant d'accord sur
grand'chose. Beaucoup d'esprit et libéral,
mais peu de sens philosophique. Il dédaigne
l'Allemagne qu'il ne connaît pas. Ceci est
fréquent chez les Italiens. Très partial
pour la France, il fait valoir en sa faveur,
le sens de la généralité et de l'association

qui manque complètement chez ses compatriotes.

Il est très dévot sans être aveuglé. Aussi blâme-t-il ses prêtres de nous être généralement hostiles. C'est avec indignation qu'il me cite le propos haineux de celui qui souhaitait à nos glorieux morts d'Austerlitz, « un enterrement de troisième classe ».

En raison même de sa partialité pour la France, il doute fort que le gouvernement autrichien lui permît d'y venir. D'autant plus il le désire.

*

*   *

Pas un Corrège à Modène, et pas un à Milan. Tous vendus, me dit M. Cattaneo [1]

---

1. M. Cattaneo était le conservateur du musée numismatique. Il introduisit Michelet dans les diverses bibliothèques où tout fut mis à sa disposition. « Le bon M. Franchetti » lui fut aussi très utile. Il eut par lui tous les renseignements que désirait M. de Gérando sur les institutions italiennes des *Sourds et Muets*. On voit par les nombreuses lettres qui accompagnent Michelet, que tous ses amis se recommandent à lui pour leurs affaires personnelles, et qu'il est pour tous d'une obligeance extrême, ne reculant jamais devant un surcroît de fatigue.   Mme J. M.

aux Allemands, aux Anglais. L'un de ceux-ci, aurait cédé au musée de Berlin, une collection de quatorze cents vieux tableaux lombards avec dates et noms d'auteurs. Si cela est exact, on aurait à Berlin le premier noyau d'une histoire de l'art italien, ou du moins, celle de toute une école.

La bibliothèque Ambroisienne conserve quelques belles toiles. Du Barrochio, *Une Vierge admirant son enfant*. Très suave. De Léonard de Vinci, une *Sainte Famille*, où sainte Anne montre en riant l'Enfant divin qui déjà prêche saint Jean-Baptiste. Joli, mais peu religieux. Je préfère la toile du Titien. Un ange amène à Jésus un petit pêcheur vêtu à la moderne. Cet anachronisme si fréquent du costume, fait sentir la généralité du sujet et montre que ce n'est pas un fait limité dans le temps, mais une idée éternelle.

Les anciens peintres milanais se rapprochent de l'École vénitienne. Mantegna, de Padoue, fait la transition. L'École de Milan est surtout représentée par Luini dont les œuvres sont souvent attribuées à Léonard de Vinci qui, pourtant, ne fut pas son maître.

Luini étudia surtout à Rome, et sous la direction de Raphaël.

Milan reçut de Vinci, l'inoculation de l'École florentine, et lui resta fidèle. Florence, au contraire, perdit sa tradition et tomba dans la grimace par l'imitation trop servile de Michel-Ange. Ce n'est pas lui, d'ailleurs, qui a exprimé complètement le génie de Florence au xvi° siècle. Dante et Michel-Ange sont plus Toscans, plus Étrusques que Florentins. Florence n'a pu leur suffire ; ils lui ont peu demandé. Mais Florence, l'exquise Florence, plus simple, plus dégagée que la grasse Reggio, que la grasse Bologne, Florence est tout entière dans Léonard de Vinci. La beauté florentine est comme un accord harmonique entre la beauté romaine mâle et sévère, et la beauté lombarde, molle et flottante.

Au point de vue religieux, ce grand artiste qui a peint la Cène, a trouvé l'heureux équilibre du christianisme.

Cette fresque admirable qu'on eût pu détacher et mettre à la place d'honneur au musée Brera, est reléguée aux portes de Milan, dans le réfectoire des Dominicains.

La *Joconde*, le *Saint-Jean*, le *Bacchus* qui sont au Louvre, nous font rester dans la nature, mais pour en subir la troublante fascination... Que veut nous dire l'ironie douce mais énigmatique du sourire et l'indéfinissable regard?... Nous le retrouvons partout ce regard, ce sourire. Saint Jean, souriant, semble identique au Bacchus dans le désert.

Approchez, regardez de plus près. Vous verrez alors que ce n'est pas même chose, que ce sourire, gracieux, nerveux dans le *Saint Jean*; — profond, inquiétant dans la *Joconde*; — est triste, décevant dans le *Bacchus*.

Là, peut-être, Léonard de Vinci a donné le fond du fond, je veux dire, l'amère ironie de sa destinée. Ce prophète dans les sciences, dans l'art qui, par lui, se révèle identique à la nature, ce génie créateur a très peu influé sur l'esprit de son temps.

Vaincu à Rome, vaincu à Florence, Vinci
se détache, il renonce à sa patrie et adopte
la France. Il vend sa *Joconde* à François Iᵉʳ
et meurt presque dans ses bras. Après sa
mort, ses cartons furent extorqués et servi-
rent, sans nul doute, à immortaliser des artistes secondaires.

Dans ce qui est resté, nous retrouvons
cette grâce indécise qu'adora la France et qui
est le caractère de la fin du xvᵉ siècle.

*
*   *

Milan compte une foule d'églises brillantes
et pimpantes. Plusieurs étonnent par la
richesse de leurs marbres. Je suis bien plus
touché de Saint-Ambroise, sombre, laid, si
l'on veut, mais recueilli et vénérable d'antiquité. Saint-Laurent, simple rotonde, comme
le Panthéon d'Agrippa, et précédé des colonnes du temple d'Hercule Maximien, m'attire aussi, et me retient.

La cathédrale, aussi vaste que Saint-Pierre
de Rome, a trois étages, trois rangs de

tourelles, chargées de statues. On en compte
cinq mille. C'est une œuvre piranésique. Des
ponts, des îles, des gouffres, des escaliers
menant aux abîmes. La pauvre façade moderne n'en donne aucune idée. De loin,
l'ensemble a une belle unité. De près, on
s'aperçoit que la variété des styles est infinie.
La sculpture grecque de nos modernes est
d'un effet singulier sur ces tourelles gothiques. Un âge récent, peu chrétien, plane là
sur la vieille religion.

Moralement, la diversité des styles im-
prime un beau caractère à ce *Dôme*. Elle
est la preuve persistante de l'unanimité religieuse des différents âges.

C'est le matin, on officie. J'ai toujours pris
plaisir à écouter les chants d'église, ceux
surtout qui ont gardé quelque chose de la
naïveté des mélodies du moyen âge. Le peuple qui les chantait, en était l'auteur; il y
mettait son âme. Il le fallait bien. Ces nefs
immenses appellent la grande voix des foules,
pour se remplir de la pensée de Dieu.

En Italie, le génie musical est aux deux bouts de l'Apennin, à Naples et à Milan. A Naples par sensation, à Milan par sensation et réflexion. Pour les grands musiciens, ils naissent sur plusieurs points de l'Italie. Rossini est de Pesaro, le pays le plus énergique et le plus libéral de la Péninsule.

Détail intéressant à noter, le réveil de la musique, en Europe, a toujours suivi celui de la liberté de pensée.

XX

RETOUR EN FRANCE

XIX

RETOUR EN FRANCE

La fête est finie!... *E finita la festa!...* Je n'entendrai bientôt plus le mélodieux italien. Ce matin, par un temps sombre et froid, j'ai quitté Milan. A Cesto Calende, un violent orage, qui se précipite des Alpes, nous empêche pendant plusieurs heures de passer le Tessin.

Nous suivons le lac Majeur sans le voir. Il fume et se dérobe aux regards sous un voile ondoyant, plein de caprices.

« C'est l'adieu de l'Italie », dis-je attristé, à mon unique compagnon de route, un riche banquier possesseur de vastes usines, que

les beautés du paysage n'intéressent guère.
Lui, me donne l'occasion d'étudier le véritable type du grand industriel français : tyrannie dans le geste, la parole, et dans le
caractère.

A Domo-d'Ossola, après une nuit agitée de
mille pensées, je prends, à l'aube, la petite
voiture transversale qui fait la montée du
Simplon. Elle s'engage, au jour, dans le
défilé au bruit des eaux qui déroulent du
mont. La fonte des neiges ayant commencé
sur le versant méridional, les cascades, de
tous côtés, se précipitent.

Nous côtoyons un torrent tourmenté, pas-
sionné, roulant de longues vagues écumantes
qui imitent, à s'y méprendre, la blanche chevelure d'une pauvre vieille victime qu'il entraînerait, furieux, dans sa chute. Longtemps, elle se montre et se dérobe, pour
apparaître encore, et protester contre la
Némésis farouche qui l'a précipitée dans le
gouffre.

... Parfois, un calme subit, des eaux profondes. Parfois, des dérisions amères, par

exemple, en durs cailloux, des oreillers gigantesques... Parfois, au milieu des plus terribles remous, une île inabordable de verdure sauvage. Toute une poésie à la saint Gérôme et de pénitence pour les uns; à la Byron pour les autres, ceux qui ne voient dans la nature que le règne du mal. On y pourrait croire, en voyant les hêtres aventureux qui déjà avaient pris des feuilles, tout roussis par la gelée. Mais voici, dans un coin bien soleillé d'une galerie tournante, un petit essaim de fleurs précoces qui me saluent, au passage, d'un pâle sourire. Il y a donc de la vie encore?...

Ce qui saisit, ce sont ces bancs entiers de marbre qui descendent des cimes par étages. On croit revoir, mais renversée, la cathédrale de Milan. Partout, sur les abîmes, des ponts hardiment jetés par la main de l'homme... Ici, Bonaparte est grand comme les Alpes.

***

Nous montons toujours et toujours ; nous

dépassons le dernier village. Maintenant,
c'en est bien fait de la vie. Partout s'étend le
morne linceul des neiges ; elles couvrent
tout sur les sommets. Aux pentes abruptes,
vous voyez sortir des griffes noires, inquié-
tantes. On dirait celles d'un monstre caché
dessous et qui dort. Mais s'il n'était qu'as-
soupi ? S'il allait s'éveiller et secouer sa formidable crinière de frimas ?...

Je lis au passage, cette inscription funèbre : « Ici, nous restâmes ensevelis quarante jours. » Le monstre avait bougé.

L'homme s'est montré plus humain que la
Nature. Il a construit un hospice et des galeries sous le glacier même, c'est-à-dire, à
l'abri de la chute des avalanches. Elles tombent, mais au delà.

Enfin, nous voici sur le col du Simplon.
Au plus bas d'un entonnoir de six mille
pieds de profondeur, j'entrevois Brieg blottie, comme un nid d'oiseau, sous la verdure.
Nous déroulons, et la vie renaît consolante,
après les horreurs du désert. Le contraste

est pourtant dur. Vous tombez, à l'improviste, au pays des barbares. Partout des
maisons bariolées en rouge, en vert, en
jaune, et dans les tons les plus heurtés, les
plus criards.

Malgré la chaleur déjà forte dans cette
gorge étroite, on sent pourtant le Nord. Les
toits pointus, véritables chasse-neiges, ont
remplacé les toits plats italiens. Partout les
églises, pour préserver leurs clochers, les
coiffent, uniformément, d'un capuchon de
zinc. Ils reluisent de tous côtés au soleil,
font miroir, et miroir aveuglant.

Au milieu de cette barbarie, je vois un
signe de civilisation qui me touche. Ici, l'autorité est l'amie du citoyen. Ordre est donné
d'enrayer à tous les passages difficiles, sous
la figure sculptée d'une roue. L'étranger qui
passe, reçoit aussi un salut amical d'intelligence du paysan suisse ; moins prévenant
toutefois que celui du Savoyard.

Le pauvre et peu industrieux Valais est
resté catholique. Le pays de Vaud, tout vigni-
cole, est protestant.

Sur la route du Simplon, vous pourriez
apprendre trois langues : l'italien, l'allemand, le français. Jusqu'à Sion, c'est l'allemand qui prédomine. Après, vous êtes déjà
en France.

Martigny marque le point de réunion des
routes qui mènent le voyageur, à son gré,
au pays du soleil, ou bien sur les sommets
glacés des Alpes ; ou encore, dans la pauvre
et poétique Savoie.

A droite, à gauche, cascades et torrents se
précipitent. On me montre le niveau très
élevé auquel les eaux ont monté dans la
dernière inondation. Mon courrier de Plaisance à Milan, qui avait été témoin de la ca-
tastrophe, me disait : « Lord Byron y était
aussi, monsieur, et il riait comme un fol, au
milieu de la terreur universelle. »

Hélas ! on trouva, à la sortie du lac de
Genève, des enfants morts, encore dans leurs
berceaux...

*   *

Saint-Maurice, blottie sous son rocher,

ouvre la porte du Valais. C'est aujourd'hui fête dans la petite ville catholique. Une procession de belles jeunes montagnardes passe sous les fenêtres de notre hôtel. Mon banquier perd ses airs sévères, il s'humanise.

...Maintenant, nous suivons les bords du lac, ennobli par la chute rapide des monts. C'est un cadre sévère et grandiose. Entre les racines des montagnes du pays de Vaud, de jolis nids de verdure où se cachent : d'abord Charnex, au-dessus du château de Chillon, sombre prison d'État qui enferma Bonivard et tant d'autres martyrs de la pensée. En face, de l'autre côté du lac, Meillerie et ses vignes grimpantes. Sur cette rive savoyarde moins bien ensoleillée, plus de feuillage que de fruits.

Ces Alpes, centre de l'Occident, sont accentuées au triple coin de leur chaîne, par la critique Genève, la sombre Chambéry et par l'industrielle, la mystique Lyon. A leur pied, ce lac ! Il donne le secret de la poésie didactique : *Child-Harold ;* de la logique pétrarchesque : *La Nouvelle Héloïse.*

18.

Pendant que nous cheminons de la charmante Vevey à la pittoresque Lausanne, assise en reine sur sa montagne, au-dessus
du Léman, la journée s'avance, et le soleil
décline. Au moment où il passe derrière le
sombre rideau du Jura, nous nous trouvons
en face du mont Blanc. La pâleur de ses
neiges éternelles, tout à coup s'anime, rou-
git, s'embrase...

Les Alpes sont l'autel des nations, et cet
autel semble avoir voulu monter jusqu'aux
étoiles. La scène, en un instant, a pris un
caractère de majesté religieuse, indicible...
Trop court moment... Voilà que déjà c'est
la nuit. Quelques rayons d'un rose pâlissant
errent encore sur les sommets et les éclairent ; mais c'en est fait de la vision divine.
La faible lueur s'éteint à son tour... ainsi de
la mort.

Où sont maintenant, de ce côté du lac,
Rousseau, Voltaire et leur théâtre profane ?
Évanouis dans une obscurité funèbre...

Pardonnez-leur, mon Dieu.

Ils ont été la voix de l'humanité pendant

leur siècle, et cette voix, à certains moments, ne fut-elle pas aussi divine ?

*
* *

Au relai, une petite fille du peuple nous demande l'aumône. Sa plainte enfantine me tire brusquement de ma profonde rêverie. « Sommes-nous toujours en Suisse ? » dis-je au postillon. « Non, monsieur, vous êtes en France. » Cette réponse m'attriste. Et pourtant, l'on ne peut s'étonner qu'un corps aussi immense ait à ses extrémités moins de vie que la Suisse où, chaque canton étant une tête, on sent partout la Providence.

J'y rentre, dans cette chère France, par sa frontière du Jura : Pontarlier, Orbe, le fort de Joux, prison d'État où le noir enfant des Tropiques, Toussaint Louverture, vint mourir de froid. Cruauté inutile de la part de Bonaparte. Elle indigne justement un jeune manufacturier de Grenoble, intéressant à entendre sur la poésie populaire de son pays.

« Nous ne connaissons pas, me dit-il, l'usage si fréquent, en Languedoc, de planter l'aubépine en fleurs devant la porte de la jeune fille qu'on désirerait épouser. Mais en Dauphiné, nous avons une coutume touchante, nous plantons le saule sous la fenêtre de l'amant délaissé. »

Il m'apprend encore un fait de l'histoire de la Révolution qui importe. L'Isère se refusa toujours aux excès. Charrion, chef des Jacobins de Grenoble, — aujourd'hui simple peigneur de chanvre, — alla déclarer à la Convention que sa ville n'accepterait jamais la guillotine.

Mon Dauphinois très fédéraliste, regrette que « les alliés n'aient point brûlé Paris, détruit la centralisation et le royalisme. »

« Mais sachez donc, jeune homme, que si vous détruisiez aujourd'hui la centralisation, demain vous la verriez renaître, d'elle-même, de ses cendres. L'unité de la Patrie, voilà ce qui la sauve. — Qu'elle soit matérialisée dans une ville, dans un homme, cela est plus né- cessaire que vous ne croyez, au lendemain de nos défaites, et devant l'Europe armée, hostile.

« Vos préférences pour le Midi, dont vous êtes l'enfant, sont bien naturelles, je les excuse. Accordez-moi seulement, en faveur du Nord, que plus les races sont mixtes, plus elles ont le sentiment de la généralité, de l'association, plus elles sont capables d'assimiler.

« Voyez le centre de la France, c'est bien la portion la moins originale de notre pays. Par cela même, il s'est approprié tout le reste. Cette région centrale est celle qui a, au plus haut degré aujourd'hui, le caractère français. Un sol plat, une nature plus ennuyeuse par sa monotonie, une race plus mixte, voilà trois circonstances qui ont conduit ce centre, moins favorisé, à l'esprit social.

« L'Ile de France s'est approprié la France, et la France le monde. Quand je dis le monde, cela peut vous sembler un paradoxe, et cependant, voyez si toutes les routes de l'Europe ne coulent pas vers nous comme les fleuves?... Des Alpes, Rhin, Danube, Pô, vous descendez au Jura, au Rhône... Du Jura, aux coteaux de Dijon et de la Bourgogne; — de ces coteaux, aux plaines de la Champagne qui vous mènent à l'Ile de France.

. « La pente est irrésistible. »

La Franche-Comté est à la Bourgogne, pour le sol et pour la race, ce qu'est le Piémont à la Lombardie. Lorsqu'on sort de ce riche pays lombard, on est d'autant plus frappé de la nudité de certaines régions du Jura : maisons couvertes en tuiles de bois, pauvreté, indigence du sol ; le plus souvent solitude.

Cette race trempée aussi par la rigueur du climat, semble d'autant plus forte. J'en sais tous les mérites. Besançon est sérieuse et cultivée, mais elle garde un esprit dur exclusif. Elle a enlevé à Auxonne son école d'artillerie.

Barreau supérieur au Dijonnais. C'est un pays de légistes. Pendant deux siècles ils ont gouverné par la Loi. Leur talent politique est aussi très réel.

Et cependant, combien je préfère nos Bour-
guignons faciles au plaisir, si l'on veut, mais
si propres à la littérature : Bossuet, Buffon,
Sévigné !... aux sciences : Monge, Carnot !...

Au point de vue de l'art, je reproche aux
peintres dijonnais de se traîner derrière Da-
vid. L'idéal tente leur école, mais elle croit
à tort l'atteindre, en copiant la Grèce.

Dijon concentre surtout l'orgueil parle-
mentaire. Son génie déclamatoire se trahit
dans toutes les statues de Sainte-Bénigne,
l'église à la *grande flèche*. Je le retrouve encore dans cette population de Chartreux qui
se pressent autour des tombeaux de Philippe
le Bon et de Jean sans Peur. Moins de prières
que de gestes, et les attitudes les plus vives,
les plus parlantes, dans ce dialogue familier avec Dieu.

LES CÉSARS

LES CÉSARS

Ici, se place, tout naturellement, une partie du cours professé à l'École normale, en 1831, sur les empereurs romains. Michelet a toujours pratiqué l'excellente méthode de professer ses livres avant de les écrire. Celui-ci devait compléter son histoire de la République romaine. Ce ne fut qu'un projet; il avait trop de hâte d'entrer dans le moyen âge, pour s'arrêter aux préliminaires. Ces notes sont donc restées dans ses cartons. Elles méritent d'être publiées, parce qu'elles nous donnent, en substance, les idées

générales du jeune maître sur l'histoire de
l'Empire romain, et nous révèlent aussi sa
sagacité précoce.

Sans aucun document, par la seule force
de l'intuition, Michelet, dans ses jugements
particuliers sur le caractère et la politique
des empereurs « se trouve avoir pressenti,
— nous dit un fort bon juge, M. Gabriel
Monod, — le résultat auquel des recherches et des découvertes nouvelles devaient
conduire l'érudition moderne.

« Ses idées générales sur le rôle de l'Empire romain ne sont pas moins intéressan-
tes. Loin de s'arrêter à faire ressortir le
caractère oppressif et corrupteur du régime
impérial, il ne s'attache qu'à montrer la nécessité et l'utilité de son rôle pour établir l'égalité sociale, et pour amener la fusion des
idées de l'Orient et de l'Occident. Sur ce
dernier point, il a des vues d'une singulière
hardiesse. Pour lui, les superstitions orientales, qui du Ier et IIIe siècle pénètrent à Rome
et y triomphent avec Hélagabale, sont une
préparation à l'avènement du christianisme.

Les cultes syriens et le christianisme sont des manifestations diverses du génie oriental qui devait pénétrer l'Occident pour produire le monde moderne. Cette conception que nous retrouvons dans maint ouvrage contemporain de critique religieuse, était, je crois, nouvelle à l'époque où Michelet l'exprimait. [1] »

1. Revue historique. T. II, 1876. Il sera intéressant de relire le chapitre XVI du présent volume : *Mission de Rome dans l'humanité*, parce que ces pages du Journal de voyage nous donnent, sous une forme plus familière, la primeur et la synthèse des idées que Michelet développera plus tard dans ses conférences à l'École normale. Ces conférences nous restent par les rédactions de ses élèves. Nous en offrons, ici, au lecteur quelques extraits.

AUGUSTE

Lorsque la bataille d'Actium et la valeur d'Agrippa eurent remis entre les mains d'Auguste la domination du monde ; lorsque l'Orient eut été vaincu avec Antoine qui en avait embrassé les intérêts à une époque où l'Orient ne pouvait pas triompher, Auguste ne donna pas une forme nouvelle à l'État, et ne fit que continuer avec plus de régularité ce qui existait depuis plus de 600 ans. En effet, la république n'avait point péri à Actium, depuis longtemps elle n'était plus. Seulement le principat que Sylla et Marius avaient fondé et dont la succession avait été très irrégulière dans les querelles de Lucullus, de César, de Pompée, devint fixe sous Auguste, et l'ensemble des forces de l'Empire se trouva dans une même main. Ce qui fait l'importance de cette époque, ce n'est donc pas la fondation de l'Empire, mais le grand mouvement qui s'opéra alors dans la religion et dans le droit. Auguste se fit grand

en affectant de se rendre petit; il laissait au
Sénat une partie du pouvoir, il lui confiait le
gouvernement des provinces intérieures de
l'Empire, et ne prenait pour lui que l'extérieur, les dangers, mais aussi la gloire et la
puissance. Il refusa constamment le titre de
dictateur devenu sinistre depuis la mort de
César, et se mit à genoux devant le peuple,
quand le peuple le lui donna par acclamation.
Il accepta le titre de tribun afin de protéger
le pauvre peuple; il ne prit pas celui de censeur des mœurs, qui était trop auguste, mais
seulement, celui de préfet, de surveillant des
mœurs. Avec ces travestissements, la République parut subsister. Les artifices d'Auguste
sont visibles dans Suétone : on voit que
Mécène, le principal instrument de sa politique, influa beaucoup sur les mœurs romaines par ses exemples, et cette réputation
d'esprit distingué et d'homme de goût qu'il
avait dans Rome. Les exercices guerriers du
Champ de Mars furent abandonnés; on se
contenta du jeu de paume. Au lieu des réu-
nions dangereuses où le soir, dans le Forum,

on parlait des affaires publiques, on se retira
dans la Bibliothèque palatine où l'on ne parlait pas pour y lire en silence.

Scripta Palatinus quæcumque recepit Apollo.

Le monde, alors, avait soif de repos et Virgile pouvait louer Auguste. C'était louer la
paix qu'il avait ramenée.

TIBÈRE

Nous passerons sous silence ces longues
scènes de dissimulation entre Tibère et le
Sénat si bien racontées par Tacite, lorsque
Tibère refusait l'Empire et prenait partout
le serment des légions. Toutefois cet homme
si dissimulé, si hypocrite, si barbare, était
en même temps un général habile, un grand
jurisconsulte, et l'ami du plus illustre jurisconsulte du temps. Tibère est une continua-
tion de cette grande école de jurisprudence
fondée par le décemvir Appius. C'était un
esprit indifférent à l'équité, mais ami de la
loi stricte. Il ne se permit aucun crime qui

ne fût autorisé par la loi; mais tout ce que la
loi permettait, il le fit. — Et contre qui s'ar-
mait-il de la loi? Ce n'était pas contre le
peuple. L'Empire fut heureux sous Tibère,
Rome exceptée. Le prince était économe, et
sans les prodigalités folles de Caligula, on
aurait béni le souvenir d'un souverain qui gou-
verna sagement la République et ne lui coûta
rien. Il s'arma de la loi contre l'aristocatie
qui, depuis deux siècles, avait pillé le monde.
Il fit rendre gorge à tous ces oppresseurs du
genre humain, et leur enleva tous ces biens
mal acquis. Mais les moyens furent barbares. Il est vrai que toute cette histoire
ayant été écrite par l'aristocratie romaine,
par Suétone, Tacite, Dion Cassius, les Empereurs durent y être fort maltraités. Cependant il faut le dire : cette oppression des
grands fut odieuse, et l'on vit une foule de
traits qui font horreur. Mais cette part faite,
le principe de leur conduite n'était pas déraisonnable. L'établissement de l'Empire était
une révolution populaire exécutée par la
main d'un tribun. L'Empereur était un tri-

19.

bun élu pour protéger le peuple, et comme tel, il commença par frapper l'aristocratie. C'est en général la tendance de tous les jurisconsultes qui donnèrent à Rome les droits civils qu'on admire encore aujourd'hui, la tendance à l'égalité, au renversement de tous les anciens privilèges.

Le droit romain atteint sa plus haute perfection sous les tyrans. Papinien vécut sous Caracalla, Ulpien sous Hélagabale et Alexandre Sévère.

Quant aux Empereurs, ils succédèrent non aux consuls, mais aux tribuns. La réaction contre les grands fut atroce sous Tibère; sévère, mais moins barbare, sous Vespasien; odieuse sous Domitien. Lorsque Trajan et les Antonins arrivèrent, ils n'eurent plus rien à faire : la révolution était accomplie; il n'y avait plus de grandes fortunes, plus de raison de querelles entre le Sénat et l'empereur; ils purent être doux et cléments à leur aise; le siècle précédent avait achevé l'ouvrage de l'égalité. Tel est le nœud de l'organisation de ces premiers temps de l'Empire.

CLAUDE

Claude fut gouverné pendant la première partie de son règne par l'infâme Messaline; dans la seconde, par l'ambitieuse Agrippine, et toujours par des affranchis.

Les esclaves, après tant de souffrances, après une si longue soumission aux caprices de l'insolence romaine, régnèrent à leur tour. Cette domination des esclaves, sous Claude, parut au Sénat le comble de la honte. Mais c'est sous Claude que fut rendue cette loi, la première de l'antiquité qui stipulât pour les esclaves : « Il est défendu aux maîtres d'abandonner leurs esclaves malades dans l'île du Tibre et de les y laisser mourir de faim... L'Empereur est le protecteur des esclaves. » Cette belle parole expie bien des fautes.

On trouve la même liberté d'esprit dans la manière dont il traita les provinces. Le premier, il ouvrit le Sénat aux Gaulois. On voit à Lyon une table qui conserve une partie du discours qu'il prononça à ce sujet. Ainsi, les provinces entrèrent dans le partage de la souveraineté, ainsi la vieille injustice de Rome commença à être réparée. Ces deux actes relèvent singulièrement le règne de Claude.

Montesquieu, dans sa *Grandeur et décadence des Romains*, dit à propos de ce règne : « Dans les deux derniers siècles de la République, les guerres civiles avaient eu lieu pour savoir qui aurait le pouvoir judiciaire, des chevaliers ou du Sénat. Sous Claude, ce pouvoir fut remis aux agents du prince, à ses domestiques, aux procurateurs. » Montesquieu s'étonne que la volonté d'un imbécile ait donné à des affranchis ce que les grands de Rome s'étaient si longtemps disputé. Ce n'est pourtant point une mesure ridicule, et dont il faille s'affliger. Il est tout simple que dans cette réaction générale en faveur du principe de l'égalité civile, un grand de Rome pût être jugé à son tour par les esclaves qu'il avait tant méprisés.

NÉRON

Il arriva au jeune prince ce qui était arrivé à Caligula. Cette puissance sans bornes, ce tourbillon de toutes les choses qui se passaient dans Rome sous ses yeux, cette variété infinie, cette facilité de changer incessamment son existence par des plaisirs nouveaux, enfin cette singulière position d'avoir l'univers à ses pieds, tout cela troubla son jeune esprit. Aussi son règne ne fut-il qu'une parodie de l'antiquité : il court en Grèce disputer les couronnes aux jeux olympiques ; il devient acteur, se fait cocher. Tout ce qui avait jusque-là élevé l'imagination, combats du gymnase, combats de poésie, il le profane, c'est la fin de l'antiquité [1].

Ajoutons un mot sur cet homme qui est resté le type de la cruauté, de l'infamie. Pendant de longues années, son tombeau ne manqua jamais de fleurs, et les affranchis le

1. Ici, Michelet fait le récit des crimes de Néron.

paraient tous les jours de guirlandes, ce qui prouve que tous ces tyrans, quelque souvenir qu'ils aient laissé, se présentaient toujours au petit peuple comme défenseur de l'humanité; leur barbarie n'avait frappé que les grands. En effet, le mal réel qu'ils causèrent à l'État ne fut pas la mort de quelques centaines de personnes, mais l'effrayante prodigalité avec laquelle ils dépensèrent tout ce que Tibère avait amassé. Un autre mal aussi, c'était des mœurs si infâmes, dans un si haut rang.

Au reste, le fil conducteur pour suivre cette histoire, c'est le progrès de la loi civile. Un gouvernement qui donne de bonnes lois civiles est toujours un bon gouvernement. La loi politique est rarement appliquée, mais la loi civile est d'un usage continuel. Elle est le tissu même de l'existence. Aussi le gouvernement impérial a-t-il été une amélioration pour tout l'Empire... Quelle différence entre le temps de Néron et celui de Sylla, où vingt tyrans dépouillaient les provinces. Sous un Empereur, ceux qui les

gouvernent n'osent plus les piller; ils savent
que le prince les ressaisirait à leur tour pour
leur arracher ce qu'ils auraient pris; que
sous un homme tel que Tibère, la plus
obscure accusation partie d'un coin de la
Grèce ou de la Macédoine, pouvait frapper
de mort le proconsul. Cette époque fut donc
véritablement pour le peuple une ère de paix
et de bonheur.

VESPASIEN

Le commencement du règne de Vespasien
fut marqué par l'épouvantable révolte des
Juifs. Ce peuple, celui de l'antiquité qui con-
serva le plus opiniâtrement et le plus longtemps l'originalité de sa religion et de ses
mœurs, le plus grand peuple de l'Asie sous le
rapport moral, avait cru voir réaliser la promesse de l'Écriture. Ce Messie victorieux
qu'ils attendaient et dont le Christ ne leur
avait point offert l'image, ils s'imaginaient
l'avoir rencontré dans un imposteur de
l'Égypte qui devait être leur libérateur.

Aussi, Jérusalem fut livrée à la plus affreuse anarchie. Cette ville, capable de contenir 80,000 habitants, en renfermait alors 100,000. On sait que suivant la loi de Moïse, tout le peuple, quelque dispersé qu'il fût, habitait en droit dans la Cité et que chaque Juif devait visiter au moins une fois par an la cité sainte.

Peut-être, dans ce dernier jour de la Patrie et du Temple, se réunirent-ils tous à Jérusalem. Alors on vit éclater avec fureur toutes les opinions, tous les partis qui la divisaient. Si quelque chose peut donner une idée de l'enfer, et d'un enfer bien autrement terrible que celui de Dante, c'est la position de Jérusalem à ce moment. On ne se délassait la nuit des combats soutenus le jour contre les Romains qu'en se battant avec acharnement. Des fortifications, dans le sein même de la ville, séparaient les partis. Ce n'étaient qu'assauts continuels au dedans et au dehors.

Titus, fils de Vespasien, était chargé de la guerre, et avec la discipline romaine, avec

la facilité de se recruter sans cesse, il la faisait
à coup sûr. Il avait entouré la ville d'une
circonvallation et il fallait que les assiégés
périssent de faim. On leur offrit des conditions qu'ils repoussèrent avec un courage
indomptable et les Romains se virent forcés
d'emporter Jérusalem d'assaut. Titus avait
ordonné d'épargner le temple où se trouvaient réfugiés 6,000 habitants, soit par humanité, soit par une sorte de respect pour
la religion des vaincus. Mais un soldat, par
mégarde ou ignorant l'ordre du prince, y
lança une torche et le temple fut consumé.

La Judée avait porté son fruit, qui était le
christianisme.

Le christianisme, dont le premier germe
s'était trouvé en Judée, avait percé son noyau,
et ce noyau qui n'était plus bon qu'à être
détruit, Rome le détruisit, et put établir, de
l'Euphrate à Cadix, cette universalité de langue et de droit, qui était sa mission dans
l'humanité.

TITUS

Après Vespasien régna Titus, compagnon des débauches de Néron, jeune homme violent, dont tous craignaient l'avènement.

On l'avait vu, à la table de son père, poignarder de ses mains un homme soupçonné de conspirer contre l'Empereur. Il régna deux ans et mourut les délices du genre humain. Mais que l'on songe que Néron, s'il n'eût vécu que deux ans, eût été aussi un Titus. Il y avait dans ce prince, mêlée à la violence, une grande mollesse d'âme, et cette sympathie rapide qu'on appelle la bonté, qu'on ne devrait pas nommer ainsi. Un jour, voyant le peuple romain rassemblé dans l'amphithéâtre, et pensant au bonheur précaire dont ce peuple jouissait, il versa des larmes, comme s'il en eût prévu la fin prochaine. Une autre fois, des sénateurs ayant conspiré contre lui, il les fit venir et leur dit : « Malheureux, vous ne savez donc pas que c'est la fatalité qui fait les princes ! » Ce mot est le commentaire de cette pensée de Tacite : « Les dieux ne songent point à nous, ou s'ils y songent, c'est pour nous punir. »

Titus avait un jeune frère, Domitien, dont il avait séduit la femme. Soit ambition, soit vengeance, ce frère l'empoisonna. On le rapporta mourant à Rome, où il expira en arrivant...

Les sénateurs, qu'avait surpris l'extrême douceur de son gouvernement, se rassemblèrent aux portes de la Curie et lui votèrent, dit l'historien, plus d'actions de grâce et d'honneurs qu'ils n'avaient fait de son vivant.

DOMITIEN

Peut-être y a-t-il eu de l'exagération sur le compte de Domitien. D'abord la mort de Titus était une vengeance, et Tacite lui-même avoue que Domitien avait, au. moins, les apparences de la vertu. Il rougissait d'un mot. Cette délicatesse extérieure s'associait peut-être à quelque vertu morale. Quoi qu'il en soit, lorsque les légions élevèrent à l'Empire le vieux jurisconsulte Nerva, Rome se crut délivrée.

NERVA ET TRAJAN

Nerva, très faible, très incapable, n'apportait que de bonnes intentions. Il donna Trajan au monde.

Trajan était un Espagnol. L'Empire sortait des mains des Italiens, et bien longtemps avant d'être conquise par les barbares, Rome voit le trône impérial conquis par eux. Toutes les nations du monde viendront s'asseoir sur la chaise curule des Empereurs. L'Occident y enverra de grands caractères, des hommes irréprochables, les plus vertueux qui aient paru sur le trône. L'Orient y enverra des hommes odieux peut-être, mais qui importeront en Occident des idées et des religions qui feront beaucoup pour la fusion du monde. Nous verrons même des hommes étrangers à l'Empire, l'Arabe Philippe, le Goth Maximin.

Les commencements de Trajan sont bien d'un barbare. Il donne l'épée au préfet du prétoire et lui dit avec cette confiance héroïque qui n'est point italienne : « Servez-vous en pour moi si je le mérite ; sinon, contre moi. »

Comme il se sentait fort, qu'il avait les légions dans sa main et qu'il était le plus grand général de l'Empire, il laissa tout le pouvoir au Sénat qui en ressentit une joie puérile.

Trajan commença par rompre le traité de Domitien avec les Daces. Celui-ci s'était soumis envers eux à tribut. Il jeta un pont de marbre sur le Danube. Ce pont annonçait que l'Empire, loin de craindre les barbares, voulait envahir les barbares eux-mêmes. Trajan vainquit les Daces et ramena à Rome leur roi Décebald. Alors il entreprit de compléter l'ouvrage de l'Empire romain, qui était d'ajouter l'empire d'Alexandre à celui de Rome. Il passa l'Euphrate et le Tigre, et tous les jours Rome apprenait les victoires de Trajan par les captifs nombreux qu'il lui

envoyait. On voit au Vatican deux bustes
représentant deux de ces Daces. Leur figure
n'indique pas la cruauté qu'on croirait devoir
attribuer aux destructeurs de l'Empire. Il y
a bien quelque chose d'inculte, une expression de physionomie pleine d'indécision.
C'est un milieu entre la créature animale et
humaine. Le caractère humain y paraît peu
avancé. On sent que peu, bien peu d'idées
ont pu rider le front de ces hommes.

Il arriva une fois dix mille esclaves qui
furent tués en l'espace de cent jours, dans
les combats de gladiateurs. Aussi ne faut-il
pas s'étonner qu'on l'ait appelé le *bon* Trajan
à cause de sa sollicitude pour l'amusement
du peuple.

Du reste, il ressemblait en plusieurs choses aux barbares qu'il combattait : colère,
livré aux femmes, au vin, et toutefois, avec
ces défauts, ne manquant pas de grandeur
et de simplicité.

Pline lui ayant demandé ce qu'il y avait à
faire des chrétiens, il répondit : « Exécutez
les lois de l'Empire, ne cherchez pas les

chrétiens, seulement si vous les trouvez, jugez-les selon les lois. » Ce mot est bien dans le caractère des Romains. Il y avait en effet des lois contre les associations secrètes, et c'est comme associations secrètes que, dans l'ignorance de la chose, les Romains devaient considérer les assemblées chrétiennes. Ainsi que les Normands du moyen âge, avant d'être soldats et conquérants, les Romains étaient surtout des légistes.

Trajan mourut comme Alexandre au milieu de ses conquêtes, et laissa l'Empire à son neveu Adrien, aussi grand administrateur que Trajan était grand capitaine.

ADRIEN

Adrien était un esprit aiguisé par l'éducation sophistique du temps, entouré de Grecs, imbu lui-même des idées, des superstitions de toute espèce, grecques, alexandrines, etc.; il représentait l'universalité de l'Empire romain. On voit dans la campagne de Rome, la villa Adriani où se trouvaient réunies des imitations de toutes les sculptures et architectures du monde. Toute religion, tout art, toute littérature s'y trouvaient concentrées. Il était ami, rival même des sophistes. Jurisconsulte et législateur non moins habile, il réunit dans un code, les lois dispersées de l'Empire et réalisa la pensée qu'avait eue César. On l'accuse de cruauté, et en effet il frappa plusieurs membres du Sénat pour des causes assez légères. On l'accuse aussi de mœurs infâmes, mais c'étaient les mœurs de l'Empire, seulement elles étaient plus remarquées dans un prince.

MARC-AURÈLE

Marc-Aurèle, avec plus de douceur qu'Adrien, fut comme lui livré aux sophistes. Il avait été élevé par eux, et son règne, s'il n'avait été constamment troublé par des guerres, aurait été celui des juristes et des philosophes. A Athènes, il fonda des chaires de philosophie avec une prodigalité excessive, car il se vit forcé de vendre les meubles du palais impérial pour fournir à la guerre.

On nous parle du bonheur de l'Empire sous ce prince. Cela doit se traduire ainsi : le Sénat n'avait plus rien à craindre. Le magnifique tableau que Gibbon trace de cette époque n'a rien de bien exact. Les Antonins furent de bons princes, mais l'Empire se mourait de faiblesse. Il était rongé par l'esclavage, la population décroissait chaque jour, les provinces devenaient désertes.

Pendant le règne de Marc-Aurèle, l'Empire eut encore à souffrir de deux invasions des barbares. Ce fut en les repoussant pour la seconde fois, qu'il mourut à Sirmium. On trouva dans sa cassette son livre. C'est, avec l'Évangile, le plus beau livre de morale qui soit au monde. Nous le sentons bien aujourd'hui, car après les circuits de cette dialectique immense dans laquelle le genre humain s'est promené, après surtout les tentatives, les efforts des quarante dernières années qui furent les plus grands qu'on ait jamais faits, après tout cela, nous retombons sur les *Pensées* de Marc-Aurèle. La morale sociale a

pu avancer, celle de l'individu en est resté
là. Il y a dans ce livre des choses d'une merveilleuse élévation. Il dit qu'il faut aimer son
ennemi. On y trouve des passages où l'exal-
tation y est portée au plus haut degré et
arrive même à la poésie. L'esprit de ce
prince n'était pas aussi étendu qu'on pourrait
le croire; mais sa philosophie et son âme
étaient grandes. Celle-ci, de plus, était tendre; il voulut, mais inutilement, supprimer
les combats de gladiateurs. Les révoltes qu'eût
provoquées cette tentative, auraient coûté
plus de sang que les combats de gladiateurs
eux-mêmes... Tout ce que Marc-Aurèle put
obtenir, ce fut que dans les jeux on mît des
matelas sous les cordes des danseurs. Ce fait,
de peu d'importance au premier coup d'œil,
est pourtant caractéristique. L'âme humaine
commençait à s'amollir, la charité venait au
monde.

COMMODE

..... Commode, qui ne tarda pas à être assassiné[1], fut un très mauvais empereur. Il avait fermé les yeux sur une infinité d'abus. En ce moment, les associations mystérieuses, chrétiennes et gnostiques, commençaient à se répandre dans l'Empire. C'était un dissolvant moral qui peu à peu relâchait l'unité de la cité romaine et allait bientôt l'anéantir. La cité invisible bâtissait dans la cité visible, comme le lierre s'attache à une vieille muraille qu'il détruit en croissant. Les troubles qui agitaient l'Empire empêchaient de voir ces éléments de dissolution.

CARACALLA

Caracalla commence la longue série de ses crimes, par celui de tuer son frère Géta. Ce prince n'était pas un tyran ordinaire,

1. Nous avons cru devoir ne donner que la portée philosophique de ce règne; c'est ce qui importe dans l'histoire de l'Empire.

c'était un démon exterminateur qui parcourut l'Empire en tuant. Il allait de province en province arracher de l'argent pour ses soldats. Il se flattait d'être l'empereur le plus cruel qui eût encore existé, et se croyant prédit par l'oracle qui annonçait la venue de la bête féroce d'Ausonie. Quand il alla à Alexandrie, le peuple ne fit que rire de ce terrible Empereur. Les épigrammes abondèrent; il s'en vengea par un massacre horrible auquel il présida lui-même.

C'est pourtant sous ce monstre que fleurit le plus grand jurisconsulte de l'Empire, Papinien, qui était de Phénicie, mais tout imbu du génie romain. Caracalla s'adressa à lui pour justifier le meurtre de son frère Géta, comme Néron s'adressa à Sénèque pour justifier le meurtre de sa mère. Papinien répondit : « Il est plus facile de commettre un meurtre que de le justifier. » Cette réponse généreuse lui coûta la vie.

Caracalla fit une chose horriblement vexatoire et à laquelle pourtant l'Empire romain tendait depuis son commencement : il ac-

corda le droit de cité à tout l'Empire. Ce
n'était pas en lui libéralité d'esprit, mais
c'est que le nom de citoyen obligeait de payer
les impôts. Toutefois de grands avantages y
étaient joints. Ce droit de cité donné à l'Empire, soumettait toutes les provinces à la jurisprudence romaine qui devenait une et universelle. Le règne d'un monstre fut une époque
importante dans l'histoire de l'humanité.

Rome est une initiation pour le monde. Il
faut que toutes les nations prennent place,
non seulement dans l'Empire, mais dans la
cité. Le dernier terme semble arrivé, lorsque
Caracalla donne à tous les habitants des provinces le titre de citoyens ; mais il ne l'est
pas encore. Le monde barbare réclame.
L'Empire romain n'est pas l'Empire universel, pas plus qu'il n'est éternel. L'invasion
des barbares n'est autre chose que cette
réclamation. Quand ils entrèrent dans l'Empire, ils déclarèrent qu'ils venaient chercher
dans le Midi une cité, patrie antique de leurs
ancêtres, des Ases, enfants d'Odin, prêtres
et guerriers. Asia leur patrie avait été aban-

donnée des nations gothiques qui revenaient la chercher dans l'Empire romain. Nous trouvons là, sous forme poétique, l'indication très réelle de ce que signifie l'invasion des barbares. Ils venaient chercher la cité. Elle était incomplète, car il fallait qu'elle enfermât le monde. Un second degré d'initiation était nécessaire. Mais la cité matérielle était trop petite et la cité spirituelle seule pouvait opérer ces résultats, contenir le monde en s'étendant à tous les peuples qui venaient la chercher sans la connaître.

Ne perdons pas de vue ce que nous avons dit, c'est-à-dire que Rome était une initiation. Au premier siècle de l'Empire, elle fut gouvernée par des Italiens : les Césars ; au second, par des hommes d'origine espagnole ou gauloise ; au troisième, par des hommes de toutes nations, de toutes races, par des Syriens, par des Goths ; au quatrième, les barbares viendront en personne prendre possession de l'Empire, non seulement par des Empereurs qui les représenteront ; les Empereurs seront les représentants de nations campées sur le sol de l'Empire. Au cinquième siècle, cet empire deviendra barbare ; en d'autres termes, le monde romain et le monde barbare seront mariés, et pourront commencer l'union féconde dont nous sommes les enfants.

HÉLAGABALE

Il se trouvait en Syrie un jeune enfant qu'on croyait fils de Caracalla, et qui, malgré son jeune âge, occupait une des premières dignités, puisqu'il était prêtre de Baal ; et comme chez tous les étrangers, le prêtre portait le nom de son Dieu, on l'appelait Hélagabale. Les légions ramenèrent dans Rome ce jeune homme que gouvernait sa mère. Horace, deux siècles auparavent, avait dit : « *Græcia capta ferum victorem cepit....* »[1]. Un siècle plus tard, Juvénal disait : « *In Tiberim defluxit Orontes* »[2] ; — au troisième, sa prédilection se réalisait. Voici un Empe-

---

1. La Grèce vaincue fit (par les lettres) la conquête de son farouche vainqueur.
2. L'Oronte (fleuve de Syrie) a coulé dans le Tibre.

reur syrien, qui conserve l'habit syrien, les
mœurs et les coutumes syriennes, qui amène
dans Rome la religion syrienne. C'est le
triomphe des divinités orientales. Le dieu du
naturalisme oriental entre dans Rome sous
la forme d'une pierre noire tombée du ciel :
c'est le dieu physique de l'Orient qui entre
dans cette ville avant que le dieu moral en
prenne possession par le christianisme. Tous
les sénateurs, tous les jurisconsultes qui
parlent encore de l'ancienne république,
sont forcés de suivre le char du dieu vainqueur. C'est là l'invasion des barbares, bien
plus que celle d'Alaric.

Un jeune homme de dix-huit ans, d'une
jolie figure, couronné de fleurs, inondé de parfums, élevé dans l'excès de la mollesse orientale, corrompu comme on l'était en Syrie :
tel est le nouveau maître de l'Empire et des
légions. Il dut inspirer un dégoût singulier
au peuple fier et grave des Romains et il faut
voir aussi comment les historiens en ont
parlé. Mais on a accusé également et les
excès d'Hélagabale, et ce qui était la suite

naturelle de sa religion [1]. Il importait dans
Rome des costumes nouveaux, des habitudes
nouvelles, et ne tarda pas à inspirer de l'horreur à ses sujets romains encore étrangers à
l'Orient. Tôt ou tard, il fallait pourtant que
Rome reçût les idées de l'Orient qui, avec
ses profondes religions, était le véritable
précepteur de Rome. Parmi les prêtres de
Baal, qui suivaient le grand-prêtre, sa mère
Jocemis et son aïeule Julia Masa, il y avait
mille vues, mille idées que les Romains
n'avaient pas et qu'on peut regarder comme
une préparation au christianisme. La religion phénicienne triomphe avec Hélagabale
comme le christianisme avec Constantin à un
siècle de distance. Ces religions avaient une
idée commune, un dieu mort et ressuscité.
Seulement, le dieu d'Hélagabale n'était qu'un

---

1. Les infamies d'Hélagabale pourraient bien avoir une
intention symbolique, et être seulement une forme de culte,
une pantomime religieuse, comme les *acta legitima* étaient
une pantomime juridique. Ses changements d'hommes en
femmes, etc., paraissent se rapporter au caractère herma-
phrodite des dieux de l'Orient... Il semble très fervent...
se renverse en rentrant dans Rome, pour ne pas perdre de
vue son dieu.

symbole de la nature qui renaît, ce n'était pas cette résurrection morale de l'âme dans le repentir qu'apporte le christianisme; mais comme le symbole précède en toute chose le sens spirituel, la religion syrienne devait précéder dans Rome le christianisme et lui préparer ses voies.

Hélagabale fut gouverné par sa mère et par son aïeule qui s'entouraient des hommes les plus sages de l'Empire, de jurisconsultes qui furent la gloire du nom romain, quoique tous ne fussent pas nés romains (Ulpien comme Papinien était de Phénicie). Aussi le gouvernement d'Hélagabale ne fut-il pas aussi déraisonnable que quelques historiens l'ont représenté. Nous n'avons que l'histoire scandaleuse du palais; l'histoire de l'Empire même nous manque. Mais qu'importe l'intérieur du palais? Il serait plus curieux pour nous de savoir comment Ulpien avait dirigé l'administration de cette vaste machine, que de connaître les sottises d'un fou qui n'était pour rien dans le gouvernement.

ALEXANDRE SÉVÈRE

Le successeur d'Hélagabale fut son cousin Alexandre Sévère, bien supérieur au point de vue moral. C'était une âme douce et docile qui fut toujours gouverné par sa mère, gouvernée elle-même par les hommes les plus sages. Ce fut en quelque sorte le règne d'Ulpien, qui était alors préfet du prétoire.

Ce gouvernement de femmes et d'hommes de loi ne semblait pas présenter un caractère conquérant. Que serait donc devenu l'Empire, si des hommes aussi sages, mais aussi pacifiques qu'Ulpien eussent régné, si cette molle sagesse de Syrie eût continué à régir Rome? L'indolence byzantine aurait commencé plusieurs siècles plus tôt.

L'Empire avait besoin, à l'approche des barbares, d'une main plus ferme, et quand les légions refusèrent d'obéir à Ulpien et le tuèrent aux pieds de son maître, elles suivaient un instinct aveugle, mais conforme aux intérêts du monde romain. Il fallait un bar-

bare sur le trône pour résister aux barbares.
Aussi après Alexandre Sévère, l'Empire eut
le goth Maximin.

MAXIMIN

. Maximin persécuta les chrétiens. Ce n'est
pas que ce Cyclope s'occupât de théologie;
mais les chrétiens, pour lui, représentaient
l'Orient, cet Orient proscrit dans Alexandre
Sévère. Ce dernier prince avait réuni, dans
une chapelle, les fondateurs des principales
religions : Orphée, Abraham, Jésus-Christ.
De la sorte, il avait accepté toutes les religions. On sent combien cette doctrine pourtant si belle, si élevée, ôtait à l'Empire de sa
force, de sa personnalité. On n'est plus soi-
même, quand on prend un caractère d'universalité. Que reste-t-il à celui qui veut devenir
l'univers? L'Empire, en acceptant tout, n'eût
plus été l'Empire romain, et, pour résister
aux barbares, il fallait qu'il continuât d'être
l'Empire romain. C'était la condition de son
existence. Le système d'Alexandre Sévère le

dissolvait. Au contraire, le gouvernement militaire en resserrait les liens et le rendait capable de vivre et de résister. C'est ce que Maximin avait en vue quand il persécuta ainsi le christianisme.

ODÉNAT

L'Orient eut aussi son empire gouverné par l'empereur Odénat. C'était un émir qui campait dans les plaines de Palmyre, et que les marchands avaient mis à la tête de leurs soldats. Le premier il montra ce que pouvaient faire des Arabes et conquit la Syrie. Sa femme Zénobie conquit l'Égypte. C'est là qu'il faut voir le commencement des progrès que firent les Arabes au moyen âge sous l'impulsion de Mahomet. Mais alors il manquait le mobile de la religion qui dirigea depuis les Arabes. Comme tous les peuples marchands, comme Gênes, comme Venise, les Palmyréens avaient réuni dans un espace étroit d'immenses constructions, ainsi que l'attestent de magnifiques débris.

Alexandrie sur la mer, et Palmyre sur la terre, étaient les entrepôts du commerce du monde.

AURÉLIEN

Nous avançons à travers les ruines qui se forment de toutes parts. L'Empire va périr sous la main des Goths qui se précipitent sur lui, ou il faut qu'il produise ses ressources, qu'il déploie ses forces, s'il lui en reste encore. Puisque les Antonins sortis de l'Occident n'ont rien fait pour l'Empire, puisque les empereurs syriens, loin de lui être utiles, n'ont fait que l'amollir, puisqu'en un mot l'Orient et l'Occident n'ont pu le sauver, adressons-nous au centre, et voyons s'il y a quelque homme capable de le faire durer. Voyons l'Illyrie qui a toujours donné les meilleurs soldats ou les plus redoutables ennemis de Rome, et aujourd'hui encore de l'empire turc. Nous allons en voir sortir deux Empereurs qui ont restauré l'Empire et protégé sa durée ; deux paysans élevés par leur valeur : Aurélien et Probus.

..... Aurélien anéantit aux deux bouts de
l'Empire, les deux empires rivaux qui se formaient. Il soumit Tétricus en Gaule et Zénobie dans l'Orient.

Zénobie fit une faute qui fut sa perte. Palmyre renfermait deux éléments : un élément
barbare et un élément grec. Odénat était
resté Arabe et barbare ; il allait à la chasse au
lion avec les soldats du désert. Zénobie, pendant qu'il régnait, l'avait imité. Elle buvait
avec les capitaines de son mari. Elle haran-
guait les soldats le casque en tête et les bras
nus. Mais à la mort d'Odénat, Zénobie chan-
gea de mœurs. Elle attira dans Palmyre les
Grecs dont les monuments subsistent encore.

Aussi quand Aurélien vint attaquer Palmyre, les tribus ne défendirent pas la ville
devenue grecque. Ils vendirent même leurs
services à Aurélien, et cette Grèce bâtarde
qui se formait dans Palmyre périt. C'est en
vain que les riches marchands, sous leur
pesante armure, livrèrent deux combats aux
Romains. Armés presque comme nos chevaliers du moyen âge, ils étaient étouffés sous

leur cuirasse et abattus après une ou deux charges. Du reste, on a remarqué que les riches ont toujours tenu à la vie et qu'ils la regardent comme trop précieuse pour être aveuglément exposée.

Zénobie vaincue, trahit son ministre Longin, et le déclara l'auteur de la lettre hardie qu'elle avait écrite en réponse aux sommations d'Aurélien. Longin fut mis en croix et Zénobie transportée à Rome pour vieillir en paix sur le mont Palatin, à côté de l'empereur Tétricus.

PROBUS

Probus remporta de grands succès sur les Perses. Un biographe nous le représente assis à terre dans sa tente, lorsque l'ambassadeur du Schah vint lui demander la paix. Il y prenait son repas consistant en quelques légumes. Apercevant l'ambassadeur, il se contenta d'ôter son bonnet, et lui dit : « Annoncez à votre maître que s'il ne cède pas, je lui rendrai son pays aussi dépourvu d'arbres que ma tête est dépourvue de cheveux. »

Probus frappa un grand coup contre les barbares du Nord. Son système était fort remarquable. Ayant entrepris de rajeunir l'Empire en lui donnant un sang nouveau, il enlevait des pays barbares des nations entières, les transportait à l'autre bout du monde où elles devaient périr ou se civiliser. Il prenait de nombreuses tribus de Francs aux bouches du Rhin et les portait au bout du Pont-Euxin, espérant que ces barbares deviendraient Romains et lui seraient soumis. Mais on ne passe pas si brusquement d'un état à un autre. C'est ainsi qu'en Amérique, les nations barbares ne se sont pas encore fondues avec les civilisées. Mais tous les jours elles diminuent, sont resserrées et finiront par disparaître. C'est ainsi que les Higlanders d'Écosse sont aujourd'hui réduits à 400,000 âmes. Pour qu'il y ait fusion entre deux peuples, il faut, de part et d'autre, un degré à peu près égal de civilisation. De même dans l'Empire romain, les

premiers barbares qui vinrent ne purent
rien fonder. Pour que l'Empire s'accordât
avec eux, pour que la société commençât,
il fallut que l'Empire fût devenu à demi
barbare par les diverses invasions. Alors
seulement commença l'union. Aussi la
grande entreprise de Probus tomba. Il
n'en fut pas moins un homme de génie.
Une grande partie du commerce de la
France tient à ses vignes; avant Probus,
il n'y en avait pas un cep. Pendant qu'il
desséchait les marais de l'Illyrie et surveil-
lait les travaux des légions, elles se révoltè-
rent, l'assiégèrent dans une tour d'où il les
examinait et le massacrèrent, puis le pleu-
rèrent et lui donnèrent pour successeur
l'homme qui lui ressemblait le plus par sa
sévérité : c'était Carus.

DIOCLÉTIEN

Dioclétien est le vrai fondateur de l'Empire qui jusque-là n'avait été qu'un principat.
Le règne de ce prince est en quelque sorte

une victoire de l'Orient. Il prit le diadème des rois de l'Asie et le séjour qu'il préférait, c'était Nicomédie. Il créa une administration régulière et tout un monde d'employés remplit l'Empire. Mais dans notre organisation moderne, à côté de ces deux pouvoirs, il y en a un autre non moins important, c'est le pouvoir administratif qui règle, non pas les devoirs des citoyens envers les citoyens, mais les rapports des citoyens envers l'État. Ce premier pouvoir fut créé par Dioclétien.

Il partagea, non pas l'Empire, mais la puissance impériale. Il créa un autre Empereur, un autre Auguste : Maximien, brave soldat qui n'avait guère d'autre mérite. Lui-même fut désigné comme le Jupiter de cette hiérarchie nouvelle dont Maximien était l'Hercule. Dioclétien hab itait Nicomédie et Maximien Milan.

Ils se trouvaient ainsi au centre des empires d'Orient et d'Occident. Chacun des deux Augustes se choisit un César. Le pacifique Dioclétien s'associa le belliqueux Galérius. Le belliqueux Maximien prit le doux

Constance Chlore. On devait s'attendre que Galérius prendrait bientôt de l'ascendant sur Dioclétien ; en effet, il obtint de lui qu'il persécutât l'esprit oriental qu'il aimait. Le palais de Dioclétien était chrétien ; sa femme l'était aussi, mais Galérius était un barbare : de là cette persécution qui fut la dernière et la plus sanglante contre l'Église. D'autre part, Constance Chlore aimait aussi les chrétiens. La cause de cette prédilection était probablement la haine qu'il portait à son rival Galérius. Quel singulier tableau présente alors l'Empire : le christianisme est persécuté en Orient dans son berceau, il est au contraire favorisé en Occident, dans un pays qui lui est étranger ; mais c'était par l'Occident que l'esprit oriental devait triompher. Il triompha, en effet, lorsqu'il monta sur le trône avec Constantin, fils de Constance Chlore.

CONSTANTIN

Constantin, resté seul maître de l'Empire, lui rend sa première unité et se déclare pour le christianisme. Il assemble à Nicée le premier concile général des évêques chrétiens. Ainsi cette religion de l'Orient que nous avons vu entrer dans Rome sous une forme grossière avec Hélagabale, nous la voyons maintenant triompher dans son caractère moral, spirituel, avec Constantin.

Résumons-nous : Rome est une initiation ; elle donne au monde la loi civile la plus parfaite des temps anciens. L'instrument de cette égalité générale, ce sont les Empereurs. Les uns la commencent par le perfectionnement de la loi civile qui assure à tous les mêmes droits. Mais cette initiation du monde par Rome est incomplète, sous ce point de vue que le droit règle bien les rapports des individus entre eux, mais n'en pénètre pas la vie intérieure. Rome ne donna pas une même religion au monde, elle lui donna seulement un même droit.

Il fallait quelque chose de plus pour que le monde fût uni intérieurement par la foi ; il fallait le Christianisme. Par lui, par son introduction, cette union du monde se complète à l'intérieur, tandis qu'à l'extérieur, l'union s'achève par l'invasion des barbares. Tel est le résumé de cette histoire.

Le règne de Dioclétien a été la victoire politique de l'Orient, l'établissement du monde oriental dans l'Empire; — celui de Constantin nous présente la victoire religieuse de l'Orient, le triomphe de ses idées dans la capitale du monde civilisé.

Constantin fit deux choses : il fit rédiger sous ses yeux la charte du christianisme au concile de Nicée. Ce fut la première réunion de l'Église chrétienne, le premier concile œcuménique, c'est-à-dire, la première assemblée de la terre habitable sous la présidence de l'Empereur. Cette assemblée eut pour résultat principal de condamner la première et la plus grande hérésie, celle d'Arius, lequel, regardant le Christ comme une créature humaine, faisait descendre le christianisme de l'état de religion à celui de philosophie, et cela, à l'époque où la civilisation humaine allait se réfugier dans le sein de la religion, pendant l'invasion des barbares. Que serait devenu le monde au moyen âge, si le christianisme n'eût pas été une religion? Or il ne pouvait être constitué en religion que par le principe de la divinité. Quel que soit notre jugement sur ce point, c'est comme hérésiarque, ne l'oublions pas, que l'Église chrétienne condamne Arius.

Constantin donna de plus à l'empire chrétien une capitale chrétienne. Rome avait vieilli dans le culte des idoles. Il fallut beaucoup de temps pour faire disparaître les vieilles habitudes du paganisme. Constantin réalisa le projet conçu par Antonin deux siècles auparavant, celui de transporter en Orient le siège de l'Empire. Antonin n'avait pas réussi parce que l'Orient n'avait pas encore conquis le monde par ses idées victorieuses.

Constantinople est dans la position la plus belle, la plus avantageuse. Située entre deux mers, entre le Danube et l'Euphrate, adossée à l'Europe et regardant l'Asie, elle est faite pour le commerce et la guerre.

La ville fut créée d'un seul coup. A force

de dépenses et de privilèges onéreux, on entassa dans la Rome nouvelle une immense population ; et tout ce qu'avait accumulé à Rome la gloire de l'Empire, en statues, en arcs de triomphe, en monuments de toute espèce, on le fit en une fois à Constantinople. On imita Rome aussi dans ses coutumes. Elle était nourrie par des distributions de vivres, Constantinople le fut également.

On a parlé pour et contre la fondation de cette ville, mais elle a duré mille ans. Qui aurait cru, en voyant l'Empire romain déjà si faible, si abattu par le flot des barbares, qu'il recommençait dans cette nouvelle capitale, une carrière de dix siècles !... Constantinople a duré, comme siège de l'Empire, de 755 jusqu'en 1453, malgré les barbares du Nord et du Midi, malgré les Goths, les Perses et les Sarrasins. Ils vinrent plusieurs fois sous ses murs, car elle renfermait dans son sein, tous les arts, toutes les richesses, toute la puissance, tout le génie mécanique du monde ancien. La trouvant bien gardée, ils furent obligés de dire qu'ils ne faisaient pas la guerre aux murailles et se retirèrent.

Constantinople à proprement parler n'était pas une ville; c'était un monde, une agglomération de population qui réunissait toute une province dans une seule cité; c'était l'image de l'ancienne Babylone, l'image que présente Londres aujourd'hui. Mais de plus, Constantinople était une ville d'une splendeur dont les villes modernes les plus magnifiques ne nous offrent point d'exemple. Lorsque les croisés, dit Villehardouin, se trouvèrent sous ses murs, et qu'ils virent tous ces dômes, tous ces clochers, des quartiers entièrement bâtis en marbre, ils se crurent dans un pays de féérie. La Constantinople de l'empire grec était bien différente de la Constantinople actuelle. Celle-ci n'est plus qu'une ville en bois, où les kiosques et les édifices légers ont succédé à tous les monuments qui la remplissaient jadis et qui ont été en partie la proie des flammes. Les incendies ont fréquemment dévasté cette ville. Une fois, entre autres, le feu a détruit une lieue carrée d'édifices, de monuments où se trouvait réuni tout ce que les arts avaient jusque-là produit de plus magnifique. La merveille encore de Constantinople, c'est que le génie grec s'y était réfugié. Elle présentait le spectacle d'une ville où il n'y avait pas de peuple, où tout le monde discutait, où tous les habitants, même les ouvriers, étaient théologiens et philosophes.

Voici ce qu'un envoyé de l'empereur d'Allemagne racontait à son retour de Constantinople : « Cette ville est étrange, disait-il : Si vous entrez dans les maisons de bain ou de commerce, on vous demande ce que vous pensez du Saint-Esprit. » On s'est moqué de tout cela, mais gardons-nous d'une pareille moquerie. Il est beau de voir une population dont tous les membres cherchent à exercer leur esprit, et à développer leur intelligence. C'est ici un des grands spectacles donnés au monde.

TABLE DES MATIÈRES

CHAPITRE II

PISE ET SON CAMPO SANTO

CHAPITRE III

L'ÉTRURIE

CHAPITRE IV

FLORENCE. — PIA TOLOMEI

CHAPITRE VII

ROME SOUTERRAINE. — GLADIATEURS ET CHRÉTIENS AU COLISÉE

CHAPITRE VIII

A TRAVERS LES RUINES

CHAPITRE IX

POURQUOI ROME EST MORTE

CHAPITRE X

LA MALARIA. — LES THERMES DES CÉSARS

CHAPITRE XI

LES TOMBEAUX. — L'ART RELIGIEUX

CHAPITRE XII

LA CHAPELLE SIXTINE

CHAPITRE XIII

LE DIMANCHE DE PAQUES A ROME

CHAPITRE XIV

LE PÈRE VENTURA

LE MUSÉE DU VATICAN. — LA NUIT AU COLISÉE.

CHAPITRE XV

LES CATACOMBES

CHAPITRE XVI

MISSION DE ROME DANS L'HUMANITÉ

CHAPITRE XVII

BOLOGNE

CHAPITRE XVIII

MILAN

CHAPITRE XIX

RETOUR EN FRANCE

LES CÉSARS

———

Paris. — Typographie Gaston Née, 1, rue Cassette, — 3902.

EN VENTE A LA MÊME LIBRAIRIE

Paris. — Typographie Gaston NÉE, 1, rue Cassette. — 3902.